汤姆·斯威夫特和音爆捕捉器

【英】维克多·阿普尔顿 II　文
燕锐锋　等图
刘庆双　等译

江西·南昌
江西科学技术出版社

图书在版编目（CIP）数据

汤姆·斯威夫特和音爆捕捉器 /(英)维克多·阿普尔顿Ⅱ文；燕锐锋等图；刘庆双等译. -- 南昌：江西科学技术出版社, 2018.3（2024.1重印）
（汤姆·斯威夫特丛书）
ISBN 978-7-5390-5881-8

Ⅰ.①汤… Ⅱ.①维… ②燕… ③刘… Ⅲ.①儿童故事 – 英国 – 现代 Ⅳ.①I561.85

中国版本图书馆CIP数据核字(2017)第049492号

国际互联网(Internet)地址：http://www.jxkjcbs.com
选题序号：KX2016056
责任编辑：饶春垚
特约编辑：龙轲轲

汤姆·斯威夫特和音爆捕捉器
TANGMU SIWEIFUTE HE YINBAO BUZHUOQI

〔英〕维克多·阿普尔顿Ⅱ　文；
燕锐锋　等图；刘庆双　等译

出版发行	江西科学技术出版社
社址	南昌市蓼洲街2号附1号
	邮编：330009　电话：（0791）86623491　86639342（传真）
印刷	三河市嵩川印刷有限公司
经销	各地新华书店
开本	700mm×1000mm　1/16
字数	114千字
印张	11
版次	2018年3月第1版　2024年1月第2次印刷
书号	ISBN 978-7-5390-5881-8
定价	39.00元

赣版权登字-03-2017-56
版权所有　翻印必究
（赣科版图书凡属印装错误，可向承印厂调换）

前言 QIANYAN

人总是离不开阅读，特别是在现代化信息时代，阅读无疑更是我们难求的一片宁静港湾，让我们有机会去感受、去体悟、去反思、去认证我们的这个世界和未来的世界。

科幻小说是一种起源于近代西方的文学体裁，在尊重科学结论的基础上进行合理设想后形成的文学作品，具备"逻辑自洽""科学元素""人文思考"三个要素。科幻小说与一般的传统小说不同，其特殊性在于它与科学技术的发展有着直接的联系，能让读者间接了解到科学原理。但它又是一种文艺创作，它扎根于社会现实，反映社会现实中的矛盾和问题，在科学技术发展的方向上，提供若干有参考价值的预见。有时，某些科学发明尚未出现，科幻小说里则已经进行生动的描绘，如潜水艇、机器人和宇宙航行等。

著名文学评论家布哈伊·哈桑曾说，科幻小说可能在哲学上是天真的，在道德上是简单的，在美学上是有些主观的，或粗糙的，但就它最好的方面而言，它似乎触及了人类集体梦想的神经中枢，解放出我们人类这具机器中深藏的某些幻想。

阅读科幻小说至少让我们有如下的感受：

一、文学的轻松愉悦

科幻小说的主题非常明显，它会涉及"未来"和"未知"、"科学"和"规律"、"生命"和"文明"、"生存"和"冒险"等等，每一本科幻小说都是一个全新的世界，每一次阅读都是一段全新、充满惊喜的精神旅程。

二、科学与严谨的想象

爱因斯坦说过，想象力比知识更重要，因为知识是有限的，而想象力概括着世界上的一切，推动着进步，并且是知识进化的源泉。通过阅读科幻小说，感悟其中的想象力，在人文、哲理的思索上，在思想道德意识的增强上所起到的作用是潜移默化的、是发散性的，其威力是不可估量的。

三、引发科学与理性的思考

科幻小说中的"科学方法"是一种有系统地寻求知识的程序，涉及"问题的认知与表述""观察与实验搜集证据""假说的构成与测试"。简单地说就是一个科学理论要经过观察、解释、预测、确认、评估、发表的程序，才能从一个假设发展成原理。科幻小说的"理性思考"就是遵从客观规律、进行逻辑分析的思考方式。

《汤姆·斯威夫特》系列曾是国外流行的科普小说，书中很多的科幻内容今天都已经变成了现实，它曾影响了几代读者，它伴随了很多人的成长。现以中文出版此书，相信书中的情节与科学，也会给中国读者带来同样的快乐体验。

目录 MULU

第一章　神秘信息…………………………………001

第二章　声波之谜…………………………………010

第三章　紧急传呼…………………………………017

第四章　掉落的怀表………………………………026

第五章　电子阴影…………………………………035

第六章　呼叫外太空………………………………043

第七章　E国之行…………………………………050

第八章　疯子的踪迹………………………………060

第九章　迪吉里杜管………………………………069

第十章　激烈的预兆………………………………078

第十一章　致命的俯冲……………………………085

第十二章　离奇的预言……………………………096

第十三章　寻找石英晶……………………………104

第十四章 黑色宝石·················· 114

第十五章 警报信号·················· 121

第十六章 黑夜调查·················· 129

第十七章 脑筋急转弯················ 135

第十八章 决战时刻！················ 143

第十九章 尖声呼啸·················· 150

第二十章 声波监牢·················· 161

第一章　神秘信息

"我的天啊！怎么回事？"汤姆·斯威夫特的私人实验室外传来巨大的回响时，巴德·巴克利大喊道。

回响过后，传来了一阵吵嚷声。

"听起来像乔的声音！"汤姆·斯威夫特说道。这位体形瘦长的发明家急忙从工作台后冲出来，跑去开门。他的朋友巴德紧随其后。

这两位18岁的小伙子往走廊张望，看到乔·温克勒——斯威夫特家族的厨师，一位体形肥胖的人正从地上爬起来。他的脸上粘着摔烂的柠檬派，地上撒满了从餐盘里溅出的食物碎屑。

在他旁边，一只样子奇怪的机械生物正悠然自得地在撒出的炖肉上摆着头。

"滚开，你这个混蛋，别动我的食物！"乔大吼。这位光头的厨师想一脚踢开这个移动机器人。

雷达感测到迎面而来的靴子，机器人迅速启动引擎后退，让他一脚踢空。失去了平衡的乔在湿漉漉的地上打了滑,砰的一声,屁股落地。

巴德大笑不止。"费多让乔吃不完兜着走呢!"他笑道,"这算是史上第一例疯人咬狗的事件了!"

"别开玩笑了。"汤姆说道,"要不然你就要成为第一个让乔请吃红辣椒的人了!"

这个矮胖的厨师听见了巴德哈哈大笑。而得知这两人在嘲笑他的窘况时,乔大怒,弄脏的脸气得比以往任何时候都红。

"噢!捂住你的耳朵!"巴德说,"我们要挨骂了!"

"快进去!"汤姆嘘声道,"我有个好主意!"

巴德一撞开门,汤姆就朝屋内的正中心跑去。工作台上安装着一台不同寻常的电子装置,汤姆还没来得及启动装置,乔就笨重地走进实验室。

"头儿,给我记住了!"他暴跳如雷,"如果那台疯机器不……"

突然,乔的声音被切断了。他的嘴还在不停地翕动,下巴也猛力地抖动着,但他的喉咙却发不出一丝声音!

厨师惊恐地瞪大双眼,他一次又一次地朝着男孩们大喊,然而依旧未打破实验室里的一片寂静。乔开始疯狂地用手比画着,紧紧地抓着他的脖子。

汤姆按了一下电子装置,冷静地说:"乔,怎么了?别害

羞,你是不是有什么想告诉我们的,还请说出来。"这位年轻的发明家一本正经地说,但是眼睛里却闪烁着狡黠的光芒。

"我……我说不出话!"乔支支吾吾。当再次听到自己的说话声时,乔如释重负地松了一口气。

随后,他看到了一脸坏笑的汤姆和巴德。"头儿,你刚才是在用一些科学戏法逗我吗?"乔疑惑地问道。

这两个男孩随即哈哈大笑。

"是的,乔。"汤姆坦白道,"但请不要放在心上,因为我只是迫不及待地想要炫耀一下我的最新发明。"

"你指桌上的那台装置吗?"乔指了指那个透明的塑料立方体。立方体里能看到电子电路,而在塑料板的正上方,安装着一台饼状的金属仪器。

"没错,我将它命名为'沉默者马克一号'。"汤姆说道,"来,我来给你展示它是怎么运作的。巴德,给我吹个口哨。"

巴德撅起嘴,吹出一记响亮的口哨。汤姆打开他的发明,调节控制旋钮,口哨声瞬间消失。反向旋转按钮,再次听到了口哨声。

"你看,在'沉默者'上方的这个变换器会向它'听到的'任何声音发射具有相同的频率和音量的声音。"汤姆说道,"但是输出声音的音波正好与输入的相反,所以传入的声音,也就是巴德的口哨声,就被消掉了。"

"哦？真的吗？"这个质朴的厨师十分惊讶，已经忘记生气的事了，"头儿，这个发明很厉害啊！"

这位年轻的发明家摇了摇头，说："谢谢，乔。但恐怕不是那么好。"汤姆称他正在完善一台"音爆捕捉器"来消去爆炸一类的震波，这些震波通常由飞行速度超过音速的飞船引起。"我的这台'马克一号'只能在小范围内有效。"他接着说，"所以我得研制出比这个更好的发明。"

乔突然记起了刚才发生的事，脸色沉了下来。"我只能说，要是你没有发明出那只可恶的费多就好了。"他抱怨道，"可气的是它总是在走廊里打盹，当我端着食物经过时，就躲在我的身后，不是攻击我就是故意将我绊到！"

汤姆忍着没笑出声来。"抱歉，前辈。它肯定是'嗅'到你拿着的炖肉了，所以才想尽可能接近热源。"

"看，现在那个脑袋不停摇晃的家伙就在那里。"巴德说道。

这台呆板的机器人从实验室门口进入，头往两边不停地摇摆着。

"如果它碍着我做事了，我就把它剁碎！"乔愤怒地说，"头儿，在我给你拿午餐时，最好将它锁在其他地方。"

费多，意为"反馈信息演绎有机体"，这台移动适应性机器是汤姆制造出来阐明生物思考与学习的过程。它由热能直接转化为电能的热电子仪器供电。在红外探测器的引导

下，这台机器在实验大楼四处移动，寻找太阳光和其他热源来"补给"。

这次，乔很快推着午餐车回到实验室。饥饿的两人开始品尝美味的素菜烩肉。

"你打算在R城举行的'降低噪声会议'上展示你的'沉默者号'吗？"巴德问道。

汤姆点了点头："当然，虽然'马克一号'的音爆问题还没有解决，但在消除不必要的噪声方面还是能够发挥重要作用的。另外，我们吃完午餐后就要出发了。"

半个小时后，两人在实验室相邻的房间梳洗一番。电话响起，是老汤姆·斯威夫特先生从双人办公室那边打来的，这对有名的斯威夫特父子共享斯威夫特公司的主楼办公室。

"汤姆，我刚接到你妈妈的电话。"老科学家说道，"她和女孩们刚着陆在飞机跑道上。我说我们十分钟内与她们会合，如何？"

"我和巴德一会儿过去。"

两人将"沉默者号"搬到外面，放入公司的吉普车里，然后开车驶过公司宽阔的路面。在这个四面围墙、占地六千米的实验站里，汤姆父子研制出了惊人的发明。

三层舱板飞船"蓝天女王"已从地下出库，随时准备起飞。汤姆将这艘巨型核动力飞船设计成为飞行实验室。

身材高大、体格健壮、平头灰发的斯威夫特先生，迎接了携带装置前来的汤姆和巴德。斯威夫特夫人这位苗条纤细、笑容甜美的女士与汤姆的妹妹桑迪还有她的好朋友菲利斯·牛顿随后乘车抵达。女孩菲利斯是汤姆先生的老友奈德·牛顿的女儿。奈德·牛顿负责管理斯威夫特工程公司。菲利斯和桑迪经常与汤姆和巴德一起外出游玩。

几分钟后,这台银色的天空巨型飞机启动喷气机,呼啸上升。这之后,汤姆让它朝西向五大湖的方向疾驰。年轻壮实的飞行员兼宇航员巴德担任副驾驶员。

桑迪和菲利斯来到驾驶舱。菲利斯微笑称:"能被你的爸爸和你邀请参加会议,真令我意想不到,而且还是三日游啊,我还从没去过R城呢!"

桑迪咯咯地笑:"当然,你们没怎么看到我们出现在科学会议上。菲利斯,如果我们需要陪同人员带我们四处参观,可能得绑架他们才行了。"

巴德向汤姆使了个眼色:"兄弟,你觉得怎样?"汤姆咧嘴笑了笑,并点头。

二十分钟后,超音速飞船忽地在R城都会机场降落。然后一行人乘坐出租车沿着高速公路去到能够俯瞰大马戏团公园的酒店。

进入酒店大厅前,汤姆和他的爸爸认出了几位前来参加会议的科学家。其中一位是约翰·威弗恩,一名来自声学研究院的顶尖晶体学家。

第一章 神秘信息

"约翰,你从超近晶相液晶中获取压电效应的研究实在太令人振奋了。"两人握手时斯威夫特先生说道,"我希望我们能在大会上听到更多这方面的信息。"

"没问题。我正读一篇关于明早的会议上我最新实验的论文。"威弗恩匆忙地介绍他21岁的女儿埃尔莎,她很快便与桑迪和菲利斯聊了起来。

威弗恩体形清瘦,一头沙色头发,一脸紧绷的神情。他从人群中离开,在一张小纸片上写下信息。当人群在大厅散开时,威弗恩将纸条塞进了汤姆的手中。

汤姆直到和巴德回到酒店房间后才打开纸条,读完纸条后汤姆皱起了眉头。

"唔,奇怪。"汤姆咕哝道。

"天才少年,怎么了?"巴德问道。

"你看一下。"汤姆将纸条递给了他。

巴德读完后也像汤姆一样感到困惑。威弗恩的纸条是这样写的:有急事和你商量。他让汤姆尽快在伍德沃德大街的某间咖啡店与他见面。

"你觉得他在想什么?"巴德问道。

汤姆摇了摇头:"不知道。"他拿起了电话并试着拨打威弗恩房间的电话,但没人接听。"巴德,这可能很重要。"他说道,"你想一起来吗?"

"当然,如果你觉得威弗恩不反对的话。"

两人在酒店外拦了一辆出租车。出租车往北驶向公园时,汤姆仍紧锁着眉头沉思。

突然一阵刺耳的爆炸声响彻天空。出租车司机吓了一跳,差点撞向另一辆车。

"那是什么声音?"巴德大声呼喊使他能听到自己的声音,"是某种警报汽笛声吗?"

司机耸了耸肩:"这跟我之前听过的任何一种汽笛都不一样!"

噪声越来越大,大到几乎让人耳朵都聋了。许多车停在路边,汤姆也叮嘱司机跟着做。噪声如同一种危险的警告信号令其他车疯狂地加速前进。

爆炸声高低起伏,行人躲到建筑物里,用力捂住耳朵。

吓得脸色变白的巴德转向他的朋友。"汤姆!"他尖叫道,"这会是原子攻击的警告吗?"

第二章 声波之谜

汤姆不确定地摇头大喊道:"我不知道,我们查一下吧!"他注意到出租车上装有一台收音机。

"打开当地的电台!"汤姆向司机大喊道,"可能会有公告!"

司机听从地用颤抖的拇指打开了收音机。开始广播前,汤姆和巴德身子朝前靠以听清内容。街上模糊的撞击声引起了他们的注意,两辆超速行驶的车刚擦边而过。

在两辆车身后,一些车辆陷入堵塞,紧急刹车声和新的撞击声接踵而至。汽车的鸣笛声在喧嚣中无力鸣叫着。经过一轮疯狂的喊叫和比画交流后,两个惊慌失措的汽车驾驶员才快速驶去。

与此同时,司机将收音机的音量调至最大。正播放的音乐节目突然就被一位发言人激动的声音打断:

"请注意!以下是特别报道!民防官员称当前本市所听到的警报声并不是灾难预警!重复!并不是灾难预警!目前,

警方尚未确定声源,但约翰逊处长承诺加快采取行动。同时,他恳请市民不要恐慌!重复!不要恐慌!"

脸色发紫的出租车司机,转头对汤姆两人大声喊道:"他说不要恐慌!我们应该怎么做?堵上耳朵然后发狂吗?"

巴德苦笑。他的脸色看起来很紧张。尽管车窗紧闭,外面的噪声依然震耳欲聋。

噪声如同潮水般在两人的头脑里翻滚,怪异的波动让人更伤脑筋。

恐怖之下,路人们四处寻求庇护。一位眼睛鼓鼓的妇女张嘴尖叫,却无人听到,随后倒在人行道上。一位男士将她扶起带入商店。

汤姆试图摆脱噪声,集中精神思考是谁或者什么东西引发这场噪声。尽管他绞尽脑汁,但也没想出答案。

"这噪声还要持续多久?"汤姆极想知道。也许他应该马上返回酒店确保父母、桑迪和菲利斯的安全。然而看到外面瘫痪的交通系统还有恐慌的司机驾着飞车,汤姆认为原地不动才是上策。

突然,刺耳的噪声开始减弱,并逐渐消失。汤姆和巴德相互对视一眼,松了一口气,小心翼翼地将手从耳边松开。

"唷!"巴德晃了一下头,"我还在耳鸣!"

"我也是。"司机继而说道,"我的头快崩溃了!"

开车回饭店的路上,收音机里的新闻在报道噪声爆发期间发生的数起交通事故以及人员伤亡的案例。

疾驶而过的救护车发出如同哀号般的汽笛声令两人感到十分震惊。

"肯定有很多人受不了这声音！"巴德说道。

"这并不奇怪。"汤姆回答道，"如果噪声再持续半小时左右，那将会引起全城的恐慌。"

出租车抵达咖啡店，两人支付车费后径直往里走，没有看到约翰·威弗恩，就找了个位子坐下，点了杯咖啡等他。

"我想打电话到酒店确认每个人的安全。"汤姆说道。

"好主意。"巴德说道，"收银台那边有个电话亭。"

汤姆很快联系上爸爸，并得知他们一行人安然无恙。对于这奇怪的现象，斯威夫特先生和汤姆一样困惑。

"我无法想象是什么引起了这场噪声。"老科学家说道，"但这肯定不同于平时的鸣笛声。如果要让肇事者对此负责，他们理应受到严惩。在这场事故中肯定有大量的人员伤亡。"

"据报道，确实有很多人员伤亡。"汤姆说道，"但未提及噪声对人们的神经系统造成多么大的损害！"

挂了电话后，汤姆与巴德会合。两人等了一小时，但威弗恩还没出现。

"你觉得他有没有可能在来这里的路上出了意外？"巴德说。

汤姆担心地耸了耸肩:"也许最好给他的女儿打电话确认一下。"

汤姆再次拨打酒店电话,但却被告知埃尔莎·威弗恩出去了。威弗恩先生的房间也没有人接电话。汤姆用晶检器查了一下,但没能成功。后来询问酒店的会议登记人员,他也不清楚这名科学家的下落。

汤姆警觉地往警察局总部拨打了电话,但警察告诉他事故之中没有关于约翰·威弗恩的报道。

五点后,汤姆联系上了埃尔莎·威弗恩。她和桑迪还有菲利斯刚从一个购物团回来。

"我没看到爸爸。"埃尔莎告诉汤姆,"在我们见面后不久,他对我说他要出去一下,噢,天啊!你知道他发生了什么事吗?"

汤姆试着让她冷静下来并接着说:"埃尔莎,让我爸爸帮你找他,他知道应该怎么做。"

两个男孩仍在咖啡店等待,希望威弗恩能来。六点还差一刻时,他们点了晚餐。

直到二人吃完晚餐,这名科学家还是没有出现,于是汤姆和巴德返回酒店。

当晚八点,减噪会议的开幕式如期举行。两人到达现场时,酒店的接待室早已座无虚席。

汤姆看到他的爸爸正和一个戴着牛角框眼镜、秃顶矮胖的男人聊天。

两个男孩朝他走来，斯威夫特先生转向他们说道："很高兴看到你回来，孩子。当然，你和科莫医生已经见过面。这位是我们的一名试飞员，巴德·巴克利。"

汤姆与巴德分别和科莫握手。汤姆早就认出了这位声学研究学院的杰出领袖奥拉夫·科莫博士。科莫浅灰色的双眼透过那副厚眼镜凝视着汤姆。

"我知道你去和约翰·威弗恩见面了。"

"是的，但他并没有赴约。"汤姆说道，"爸爸，有他的消息吗？"

"还没有。埃尔莎说如果他到八点还没来，她就会报警。科莫博士知道他的下落吗？"

科莫摇摇头："不好意思，我不知道，我现在也很担心他。汤姆，你知道他为什么想见你吗？"

"不，但我觉得应该是件重要的事情。"年轻的科学家回答道。

汤姆父子和巴德还有科莫博士四人聊天时，凯姆研究所里的另外两名同事，维克多·弗朗兹和阿瑟·甘蒙也加入到其中。

弗朗兹不太整洁，头发如同拖布一样厚，这引起了汤姆强烈的兴趣。

"这个项目的注释上说你正在研究着一个音爆捕捉器。"

他说道。

"没错。"汤姆说道,"但我的发明目前还在测试中,还不够好。"

"你要在这里展示吗?"甘蒙问道。他是一名有着一头银发的高个子科学家。

"是的,在周五下午。"汤姆接着说,"你们两个和科莫博士是研究同一个领域的吗?"

"不全是。"甘蒙说,"我们是电子工程师。当然,我们负责帮他安装他要使用的大部分装置。"

就在这时,大会的公关人员领来了一批记者。他们迫切地涌向了汤姆父子。

"两位对最新的科学奇迹都深入了解。"一名记者说道,"今天袭击R城的怪异声音背后的真相是什么?"

"先生们,恐怕这件事你们比我了解得还多。"斯威夫特先生说道。

"我也这么认为。"汤姆微笑补充道。

"确定不是一些用来宣传此次会议的某项发明吗?"

大会公关人员对此坚决地否认。

"科莫博士,你当前研究的是噪声压力对人类和动物的影响。"另一名记者问,"对此你有什么看法吗?"

科莫耸了耸肩:"噪声会带来痛苦且具有损害性的影响,像今天袭击这座城市的噪声,是十分危险的。至于噪声的声源，我必须承认我也没头绪。"

"先生们，这个谜题的答案可比你们想的还要复杂。"某人用刺耳的声音说道，"你们想过，今天发生的事有可能与无形的敌人所进行的声波入侵有关吗？"

第三章　紧急传呼

大家都惊讶地转向了这个说话的人。他是一个有着大鹰钩鼻，身体瘦弱的人。

灰黄而又干瘪的脸给人一种骷髅般的感觉，但他的双眼却炯炯有神。

"他是谁？"巴德悄悄地问汤姆。

"我也不知道。"汤姆皱眉说道，"我肯定在其他科学会议上见过他。"

记者随即开始抛出各种问题。

"你所指的'无形的敌人'是什么意思？"

"'声波入侵'又是什么？"另一名记者追问道。

"也许你会更容易接受'声波袭击'这个词。"说话人回答，"今天所发生的显然是对这座城市的袭击，是一场非常危险的袭击——就像科莫博士刚才说的那样。"

"先生，你误解了我的意思！"科莫博士疑惑地盯着这个人。

"你可以自我介绍一下吗?"一名记者向这个鹰钩鼻子的男人提问道。

"先生们,在下是菲尼亚斯·格尔。"

"格尔先生是一位科幻小说家。"公关人员匆忙地补充道,看起来有点尴尬。

一些记者咧嘴笑。其中一人咕哝一声:"难怪!"

第一个提问的记者似乎找到了不错的专题报道。"你还没有告诉我们'无形的敌人'是指什么。"他说道。

"很明显,干扰整座城市的声音爆炸不是善意之举。我认为在这个关键时刻,说不定在这座城市里就有敌人的间谍。"

还在讥笑的记者听后为之一震。

"你是想告诉我们发出这声音是某类未知的敌人的敌意行为,或者是战争行为吗?"记者进而说道。

菲尼亚斯·高尔神秘地一笑:"我指的仅仅是符合当前事实的答案。"

"你在回避我的问题。"另一名记者说道,"你认为这就是答案?"

"除非能找到那些声源或给出一个更好的解释,否则我不会撤回我说的话。"格尔回答道,"如果声音继续下去,全城将会沦陷。科莫博士会告诉你这些持续的噪声压力会带来多大的物理伤害和精神损害。"

记者们疯狂地摘录信息。鹰钩鼻科学家正享受着万众瞩目

第三章 紧急传呼

的待遇。他带些鼻音滔滔不绝地说道，似乎对技术资料相当熟悉。

汤姆兴致勃勃地听着。尽管格尔的想法似乎过于天马行空，不用认真对待，但汤姆喜欢保持开放的思想。他很好奇这些"入侵者"在噪声攻击期间如何将必要的声音发射装置隐藏起来，以及为什么他们在成功引起全城轰动后却停止了攻击？

"我想听听你对声音的产生有什么看法。"汤姆不动声色地说道，"还有它持续时间为什么不再长一点？"

格尔闪烁的双眼落在汤姆身上。

"先生们，我们这位年轻的科学家竟会被这样简单的问题难倒，我感到十分惊讶。"他冷笑道，"对于声音是如何产生的，我可以给你们列出好几十种方法。"

巴德咬咬牙，不满格尔的无礼："为什么，那个白痴！给人感觉就像你在声音传感器课上什么都不会的样子。汤姆，为什么你不……"

"放松点。"汤姆低声回答，"他可能以为我在刁难他，让他继续说下去。"

会议准备妥当前，格尔还继续向热情的观众发表演讲。后来，晚会结束后，汤姆和巴德在酒店电梯里碰见了桑迪。

"埃尔莎的爸爸还没找到。"她说，"希望警察能找到他！"

但是第二天早上仍未有关于这位失踪的晶体学家的消息。

吃早餐时，巴德告诉了汤姆其他的消息。"等等，你听到记者对我说了什么吗。"他偷乐道，"你还记得昨晚那个高谈阔论的大嘴巴吗？"

"菲尼亚斯·格尔吗？"

"没错，警察读了关于他的报道后，便把他抓去盘问了。但后来认为他只是个傻子，就将他放了。"

约翰·威弗恩并没有在减噪会议的那天和后一天出现。周五，在最后的会场上，汤姆准备展示他的"沉默者马克一号"。观众就座完毕，迫不及待地想看他的展示。

"我的这个'沉默者号'只能在有效的范围内作为音爆捕捉器。"汤姆向大会的科学家说道，"正如大家所知，现代城市和工厂亟待降低噪声等级，而我的发明就是应此而造。我想请所有人一会开始说话。然后我打开开关，你们便会看到它的消声效果。"

马上会议室里充满了说话声。汤姆在透明的塑料装置上点了一下按钮，然后将音量调高。

什么事也没发生！

观众疑惑不解，他们交谈的声音逐渐降低。汤姆变得脸红耳赤。

"相当厉害啊！"前排的一个人带点鼻音慢吞吞地说，"一台不会消音的'沉默者号'！"

第三章　紧急传呼

巴德向说话人菲尼亚斯·格尔投去愤怒的目光。因为这个人大声地说着俏皮话，年轻的试飞员紧握拳头。"不用我说，我的装置不能正常运转。"汤姆向观众坦言。他心急如焚地检查着他的发明。突然，汤姆从塑料盒的插座里抽出了几块小板。

"这就是原因。"汤姆受挫地说道，"有人用仿制品代替了我的振荡器晶体。女士们，先生们，恐怕我只能取消此次展示了。"

其他科学家和汤姆一样尴尬。

主席站起来发言说："我们都了解汤姆·斯威夫特是个怎样的人，我相信我们对他最新发明的看法不会被此次失误所影响。"

会议室外，斯威夫特先生加入到汤姆他们的谈话："孩子，知道为什么会这样吗？"

汤姆不高兴地耸了耸肩，"今天早上我将'沉默者号'从'蓝天女王'那里带到酒店时还好好的。"他说道，"它放在我和巴德的房间，所以肯定有人在那里做了替换。"

酒店的侦探报了警。"你应将你的发明交由我们来保管。"他对汤姆说。

"我觉得没必要，因为这台装置又不是什么秘密，任何生产商都可以用上。"

警察提取了男孩们房间里的指纹，并审问酒店的员工，但

第三章 紧急传呼

没有任何线索。

那天晚上,埃尔莎·威弗恩与汤姆家人共进晚餐,但吃得并不多。

这位漂亮的红发女孩仍没有得到关于她爸爸的消息。

斯威夫特夫人亲切地说道:"可怜的宝贝,让你在这座陌生的城市一个人等。要不和我们一起先回肖普顿,再等警察的消息?"

"我们都想和你在一起。"桑迪劝道。

埃尔莎的眼中充满了泪水:"谢谢你们。除了这个,我想不出我能做什么。"

傍晚,"蓝天女王"升起,越过伊利湖往东边飞去。汤姆正和联邦航空局飞行服务站结束通话,一阵静电干扰声出现在广播里,静电中隐约听见一个模糊的声音:

"我是约翰·威弗恩,呼叫约翰·斯威夫特。"

听到这位失踪科学家的名字后,年轻的科学家和巴德震惊不已。

"汤姆收到!请回复!你在哪?"

这个声音说出了纽约的一块偏僻区域,"请尽快来救我。"

汤姆立马叫来埃尔莎和自己的爸爸,接着问威弗恩:"发生什么事了?为什么突然失踪了?"

静电干扰越来越厉害。最后声音再次传来，说："我无法解释，但我现在有危险！"

斯威夫特先生和埃尔莎来到了飞行舱，汤姆急忙解释情况。

埃尔莎激动地喘着气。"爸爸，我是埃尔莎！"她对着无线电大喊，"请告诉我们发生什么事了！"

"不！现在还不行，胡萝卜头！请相信我，让汤姆按我说的去做！"

汤姆小声说："他想让我着陆，然后把他带走。但是在这件事有太多可疑的地方了。加上静电干扰，你怎么确认是他的声音？"

"肯定是！只有爸爸才叫我'胡萝卜头'！请快点去接他！"埃尔莎恳求道。

汤姆看了看爸爸，他也担心地点头。"请告诉我们准确的方位。"年轻的科学家对着扩音器说。

对方做出了回复："我会用照明灯标记降落点。"

几分钟后，"蓝天女王"朝降落点飞去。降落点位于林木茂密的山脊顶部的贫瘠悬崖。黑夜中燃起的火焰照亮了这块合适的着陆点。

汤姆打开了爸爸制造的最新巨型探照灯，太阳般的光芒照亮地面时，地上却没有任何人。

"肯定是躲在树木后面了。"巴德说。

飞行实验室开始降落。"轰隆!"一声骇人的爆炸声忽然从地面传来,震撼了整片区域!

第四章　掉落的怀表

受到爆炸震波的影响,"蓝天女王"不断晃动。埃尔莎和斯威夫特先生被甩到了飞行舱的隔板上。

汤姆试图控制局面。他加速飞行喷射器,使巨型飞船急速上升。

"看!"巴德指向下方喘气说道。

悬崖的大部分区域已被这次爆炸炸毁。石头和碎片从山坡上倾泻而下。

"好险!"汤姆嘘叹一声,"如果我们刚才降落的话,肯定会被炸得粉身碎骨!"

斯威夫特先生安抚好埃尔莎后,向下凝视。"这个无线电通话是伏击我们的诡计。"他冷静地说道,"在灌木林中肯定埋了一颗炸弹。"

"没错,爸爸。我们的飞行器所释放出来的热量肯定提前将它引爆了!"

汤姆通过对讲机确认每个人都在飞船上,并吩咐飞行工程

第四章 掉落的怀表

师检查损毁情况。同时,他用"女王号"的强力探照灯对山脊进行来回扫射。

"在那个森林里,基本很难看到人!"巴德沮丧地说道。

"我不相信爸爸是会做这种事的人。"埃尔莎呜咽地说道。

"亲爱的,不要担心。"斯威夫特先生安抚她说,"现在这个情况我们没有人会相信听到的声音是你爸爸的。现在先回去和我妻子还有那些女生会合吧。"

很快,飞行工程师报告称飞行实验室的强大结构并没有损毁。汤姆向联邦航空局交通控制中心进行了详细汇报,并被告知会将此事向调查局和国家警察禀报。

"收到!我们将继续前往肖普顿。"

第二天早上,斯威夫特父子在实验工厂和哈伦·艾姆斯讨论爆炸一事,艾姆斯是工厂的安保主任,皮肤黝黑,有着尖细的下巴。

"你确定威弗恩没有参与这件事?"艾姆斯问道。

斯威夫特先生摇了摇头:"我认为有些说不通,约翰·威弗恩是一位极有原则的科学家。"

"我同意。"汤姆说道,"无论怎样,他都不会策划谋害'女王号'上自己的女儿。"

"那么,你们听到的那人是怎么知道威弗恩给埃尔莎起的乳名呢?"艾姆斯继续问道。

"我就是想不通这一点。"汤姆承认道,"除非威弗恩被绑架了,然后抓他的人逼他吐露和他相关的信息。"

"你觉得这件事和你的'沉默者号'零件被替换一事有所关联吗?"

汤姆挠了挠头:"你把我难倒了,哈伦。幸运的是偷晶体的那个小偷不太重要。另外,我有一个关于制造一台全新型号的'沉默者号'的想法。我将马上开始着手制作。"

"好的,这边我会和调查局跟进。"艾姆斯允诺,"顺便说一下,虽然你的展示失败了,但引起了人们的兴趣。今天早上接到了四个不同记者和杂志作家们的电话,想知道你们两人这几天在公司里策划什么。"

汤姆和他爸爸对视一笑。差不多过了一个月,还是没有记者来参观这个巨大的实验站。现在,有必要进行第二个实验了。

"哈伦,下周三进行另一个实验。"斯威夫特先生说。

汤姆迫切地想探究出一个新的办法以消掉声波,随后投入实验设计"沉默者马克二号"。周末,他和巴德带着那三个女孩共进晚餐,看电影。但一到周一,这个年轻的科学家就回到实验室投入工作。

周三早上,巴德去了一趟实验室。"你知道都有谁会来吗?"他问道。

"媒体那边吗?"汤姆问道,"不知道。"

第四章 掉落的怀表

"其中一人是我们的熟人,菲尼亚斯·格尔!"

汤姆惊讶地抬头,然后笑了笑:"可以呀,作为一名科幻小说家,我猜他有足够的权力和其他人一样申请这次参观。巴德,我认为我们应尽地主之谊,让他不枉此行。我们去找亚弗。"

亚弗·汉森是一个粗糙但手指灵活的工匠,经常建造汤姆的试验模型。这次负责详细安排媒体的参观到访。汤姆和巴德到达之后,亚弗将参观团交给了汤姆。

这位年轻的发明家向他们展示了他的实验室,但巧妙地回避了菲尼亚斯·格尔用来嘲笑他的关于新"沉默者"模型的问题。记者们都被费多吸引,尤其是当他们看到这台机器会如饥似渴地奔向点燃的火柴,就像晚餐前对主人吹哨做出回应的小狗一样。

汤姆解释费多是如何"知道"一天不同时间段在建筑物里的最佳场所寻找热能源的。电量充满后,它便会进入"睡眠"状态或在走廊里活蹦乱跳地"玩耍"。但当电源开始减弱时,这台机器便饥饿地四处搜寻。

格尔轻蔑地扬起了下巴。"这也没什么大不了。"他嘲笑道,"我得说,格雷·沃尔特的机器还有约翰·霍普金斯应用物理实验室里的'野兽'比这个先进得多,更有意义。"

"那些的确是优秀的项目。"汤姆表示同意,"但我希望费多能在内存和学习性方面带来一些新的思考角度。"

格尔再次开始炫耀他的知识，汤姆让他说。格尔喋喋不休地说个不停，其他媒体参观者却感到无聊。

汤姆带着团队到达飞机场，在一台喷气式飞机旁停下。喷气式飞机的鼻翼周围安装了奇形怪状的圈。

"格尔先生，也许这些先生们会想听一下你对发生在R城的噪声的见解。"汤姆说道。

几名新闻记者抱怨了几声。格尔生气地说道："也许他们想听的是你那个所谓的'沉默者号'为什么不能消声吧！"

"因为振荡器晶体被人拿走了。"汤姆回答道，"但如果你觉得我的发明不起作用，也许你可以给我一个更好的建议改善这个问题。"

"好啊！"格尔厉声说。他的眼中闪过一丝恶意，但他始说话时，嘴里却没有发出任何声音！

"唔，听起来很有趣。"汤姆说，假装故意地听着。

格尔的下颚疯狂地动着，汤姆假装未察觉有什么差错。"我肯定会好好记下的。"他喃喃地说道。

记者们开始咧着嘴笑，知道了这位年轻的发明家正拿这位不友善的客人开玩笑，作为惩罚。汤姆用手指做了个手势，格尔的声音突然冒了出来。

"救我！"他几乎窒息地说，"做点什么！"

"对不起。"汤姆道歉地说，"你的声音没什么问题。我只是想向你展示我的'沉默者号'的确能够正常运转，虽然它的范围有限。"

"你的'沉默者号'?"格尔气喘地说道。

汤姆点了点头,指向喷气式飞机。巴德现身在机舱的窗旁边,边笑边拿着一个透明的塑料盒。

"飞机头周围的环是一套用来进行音爆测试的传感器装置。"汤姆解释道,"'沉默者号'的电路安装在塑料盒中,我的助手只是简单地将它打开和关闭,便能轻松地对你的声音进行消音。"

新闻记者瞬间大笑不已。

"你还是想告诉汤姆·斯威夫特如何重新设计它的'沉默者'吗?"其中一位记者嘲笑地对格尔说。

这位科幻小说家气得发抖。"继续笑,你们这些猴子!"他咆哮道,"至于你,斯威夫特,你会后悔的!"

格尔转身向大门扬长而去。

午餐过后不久,汤姆收到飞机场灯塔的电话。"一架属于奥拉夫·科莫博士的飞机请求允许降落。"控制员报告说,"他说他是来拜访你的,船长。"

汤姆同意降落,几分钟后,他与科莫博士在他的实验室见面。

"家父见不到你肯定会很遗憾的。"汤姆说道,"他不得不抽身前往费林岛的火箭基地。"

"没关系。"科莫从公文包里拿出几份文件,"你和你爸爸应该会对这个感兴趣。这些是R城医院发来的关于那次音爆所造成的人员伤亡报告。"

汤姆瞥了一眼:"有什么问题吗?"

"一些人脑部损伤,另外两个几乎因为休克反应而死。"

汤姆叹了口气:"天啊!我并不知道影响会这么严重。"

"并不奇怪。"科莫博士说道,"X城贝尔尤维医院进行的实验显示,突然出现的噪声使脑部压力远高于正常水平。另外一名军队外科医生报告称,二战期间,曾经有人死于爆炸引起的声波带来的冲击效应。"

"我和爸爸肯定会详细阅读这些报告的。"

科莫深思地扶了扶金丝眼镜。他说:"你有没有打算进行一些实验来测试你的'沉默者号'对人类或动物心理和生理产生影响?"

"没,但这是一个有趣的提议。"

"但我最感兴趣的是这些影响和平时没有噪声之间有什么不同,比如说,在一个消音室里。"科学家解释道。

汤姆同意让公司的医疗团队进行相关实验。

"另外。"科莫准备离开时问道,"埃尔莎·威弗恩对于她爸爸失踪一事打起精神来了吗?"

"嗯,但她依然很担心。"

"这也难怪。"金丝镜后,科莫慢慢地眯上眼睛,"有件事只有我和她爸爸知道,大会前的威弗恩有时表现得很奇怪。

我觉得他可能有心事。"

那天下午,汤姆一边继续着他的实验工作,一边思考着科莫博士的话。快要下班时,菲尔·拉德纳,艾姆斯强壮的助手来到实验室,向年轻的科学家展示一块金怀表。

"拉德纳,这是?"汤姆问道。

"船长,请看背面。"

汤姆将怀表反转,惊奇地吸了一口气,怀表背后刻着约翰·威弗恩的名字。

"你从哪里得来的?"他问道。

"一个安保在你的实验室门口捡到的,然后交到'失物招领中心'。"拉德纳回答道,"我听说了威弗恩失踪的事,所以我想你最好看看这个。"

汤姆思考了片刻。"我在想是不是科莫博士掉的。"他沉思道。

汤姆拿起电话,呼叫了肖普顿东北方向96千米的韦斯特蒙特的声学研究中心。"我是汤姆·斯威夫特。"他对接线员说道,"科莫博士回来了吗?"

"先生,请稍等,我现在去看一下。"

随后,科莫接了电话。汤姆问他关于怀表的事。科莫听起来很困惑,并对年轻的发明家说,他也不知道怀表怎么会在公司出现。

汤姆挂了电话,眉头紧锁:"拉德纳,我也不知道是怎么回事。"

"你觉得有没有可能是媒体那边的人掉下的?"拉德问道。

"问得好。"汤姆想起了菲尼亚斯·格尔。

突然,年轻的科学家兴奋得两眼发光,因为他突然有了一个奇异的想法。

微信扫码
☑ 科普视频
☑ 趣味动画
☑ 脑力测试
☑ 交流园地

第五章　电子阴影

"怎么了,机长?"菲尔·拉德纳看着汤姆的表情询问道,"有线索?"

"我在想威弗恩会不会混进记者里面。"

拉德纳目瞪口呆:"为什么他要这样耍花招?"

"我也猜不到,拉德纳,除非他精神失常。"

安保疑惑地摇摇头:"我不知道他是如何用假名混进来的,哈伦·艾姆斯亲自检查了所有到访者,但我们还是确认一下吧。"

汤姆与拉德纳坐吉普车一同前往安保中心。之前见过威弗恩的艾姆斯皱着眉头听完汤姆的想法。

"我认为这并不可能,机长,因为我基本认识所有的记者和杂志作者,不过我会再次进行确认。"

"好的,交给你了,哈伦。我会把怀表拿给埃尔莎看,确认是否真是她爸爸的。"

当晚,汤姆开着他的银色跑车回家。

桑迪和埃尔莎在帮斯威夫特太太准备晚餐,汤姆把金怀表拿了出来。

"埃尔莎,你能认出这个吗?"他问道。

红发女孩一把拿过怀表。"天啊,这不就是爸爸的怀表吗?"她将怀表翻转,看见了刻在背面的名字,"真的是爸爸的!汤姆,你是从哪得来的?"

"今天下午在工厂找到的,就在我实验室附近。"汤姆回答道,"你知道你爸去R城时有没有戴着它?"

"有呀,我敢肯定!"

"他挂在链上吗?"

"不,只是放在口袋里,他很粗心。"埃尔莎生动的眼睛睁得大大的,充满着希望与困惑,"但它是怎么在斯威夫特公司出现的?今天爸爸去那了吗?"

"似乎不太可能。"汤姆回答道。

斯威夫特太太从厨房走出来。"孩子,你确定这怀表是今天掉在那里的?"她说道,"可能已经掉在那里很久,只是没人察觉而已。"

"最近肯定有人还戴着它。"桑迪插入道,"因为它还在转,但它的嘀嗒声有点奇怪。"

听了妹妹的话后,汤姆脸色突然变得惨白:"给我看一下,马上给我!"

第五章 电子阴影

汤姆从桑迪手中夺过怀表,急速冲过厨房,穿过后门。"不要跟来!"汤姆大声喊道,"危险!"

几分钟后,他再次回到房间,脸色惨白,惶恐不安。"现在没事了。"年轻的发明家含糊地说,勉强地笑道。

桑迪惊恐地盯着哥哥。"汤姆!"她喘气道,"难道你认为这块表是用来引爆的?"

汤姆无奈地点点头。"怀表里安装着一颗小型但威力强劲的炸弹。"他解释道,"我把它移除了。"

埃尔莎愕然。汤姆打电话给公司的安保,并安排将怀表送到调查局进行检查。

所有人都感到困惑。

当晚斯威夫特先生从费林岛回来,当他听到这个残忍的方法时,他那青色的双眼满是怒火。

"这可能是用来杀我或者埃尔莎的,又或者我们所有人。"汤姆指出,"那个将炸弹植入怀表的人肯定知道我会将它带回家,然后拿给埃尔莎。"

"没错。"老科学家沉思道,"之前的爆炸事件,埃尔莎也在'蓝天女王'上。汤姆,我和你的生命是总会受到间谍和其他敌人的威胁,但这次为什么有人想伤害她呢?"

"爸爸,我不知道。"汤姆眉头紧锁,"除非埃尔莎知道关于她爸爸失踪的事,而这件事她并没有意识到,但却能揭开他爸爸失踪背后的真相。"

第二天早晨，哈伦·艾姆斯走进汤姆的实验室，并告知他联邦调查局到目前为止还未能从怀表中找到线索。而他自己也查证了记者团队里每个人的身份，没有一人会假装成约翰·威弗恩。

"但调查局那边有一件事我不太清楚，可能与此事有关。"艾姆斯接着说，"你听过一位名叫特鲁克斯顿的生物学家，或者一位叫杰拉尔德山的国务院官员吗？"

"这些名字听起来很熟悉。"汤姆沉思着回答道，"等一下，他们不是一两年前失踪了吗？"

"是的。"艾姆斯回答道，"他们都失踪了一段时间，几个月后再次出现。但都失忆了，记不起之前他们去过哪里。"

汤姆敏锐地看着艾姆斯，"所以？"

"我也发现其他案件，但都被掩盖了，情报局称其他国家也发生过类似的事。一些顶尖的科学家、工业研究人员，或是政府人员神秘失踪，一段时间后再次出现，但记忆却一片空白。"

"记忆缺失的案件很常见，哈伦。"

"没错，这就是为什么没有人能做出结论。"艾姆斯回答道，"但这些案件似乎有规律可循，调查局和中央情报局都对此表示担忧。"

"意思是失踪的人都投靠到另一股邪恶势力，或者是被绑架了？"

第五章 电子阴影

安保长耸了耸肩:"你和我猜的差不多。"

汤姆沉默了一会,然后说:"我敢肯定约翰·威弗恩不是叛徒。如果他失踪的背后存在着更大的阴谋,那么我猜他被绑架了。可能他察觉到了危险,所以他才想找我谈谈。"

年轻的发明家不安地来回走动:"哈伦,这使我比以往任何时候都要担心埃尔莎·威弗恩也会有危险。因为绑架者有可能觉得她会破坏他们的计划。"

"是的,汤姆,就目前来看,你也有可能也为了他们的目标。"艾姆斯冷静地说道。

"我和爸爸也料到了这个。但埃尔莎在这里是我们的客人,我们得尽可能保护她。"突然,汤姆灵光一闪,"哈伦,我认为我可以为埃尔莎提供24小时的保护。"

周五,桑迪、埃尔莎和菲利斯一同在百货店里吃午餐时,一个体形瘦长,金发平头的青年大步地朝她们的餐桌走去。

"汤姆!"菲利斯高兴地呼喊道。

"我可以加入到你们吗?"他问道。

"亲爱的哥哥,请自便。"桑迪开玩笑地说道,"天啊!不要告诉我你不惜离开实验室来这里是为了我们。"

汤姆露齿而笑:"妈妈说我能在这里找到你们,我有个小东西要给埃尔莎。"

他从口袋里拿出一个小盒,并递给埃尔莎。

埃尔莎十分惊讶,打开盒子,拿出了一个带有绿色的宝石

戒指。

"真漂亮!"她感叹道,"这是送给我的吗?"

"当然,戴上它试试。"

戒指十分适合埃尔莎。埃尔莎正要感谢汤姆并想向另外两个女生展示时,菲利斯淘气地给汤姆打了个眼色。

"小气鬼!你是想让我妒忌她吧!"她取笑道,"桑迪和我什么也没有吗?"

汤姆咯咯地笑:"当然有一份免费的午餐,后来点了一份大餐!"

桑迪察觉到她哥哥的礼物背后有秘密,不断地问他问题,但都让汤姆开玩笑地一一避开了。

他们离开茶室后,菲利斯说:"我们打算下午坐我的敞篷车去海滩,你下午能请个假和我们一起去吗?"

"谢谢你们的邀请,我很想去,但是我必须回工厂了。"汤姆说,"不过我可以陪你们去停车场。"

这三个女生都没有注意到汤姆在她们离开商店时向某人打了个眼色。

她们走在街上,表情都十分困惑。

"我们有什么好笑的吗?还是我想多了?"桑迪说道。

"我也在想这个。"埃尔莎喃喃地说,"为什么每个人都盯着我们看?"

汤姆微微一笑,"你们往后看看。"他说道。

埃尔莎转身,目瞪口呆地叫道:"天啊!那是什么?"

"属于你的新机械警卫犬。"汤姆说道。

第六章　呼叫外太空

"我的新警卫犬？"埃尔莎看着身后这只滚动式前行的奇物惊讶道。汤姆和女孩们在人行道上停下来时，它也听话地停了下来。

它有一张斗牛犬似的脸，一对蝙蝠耳，两只又大又圆的玻璃珠眼睛。脖子上镶着一圈钻链，身体安置在履带轮上。

"一只机械狗！"菲利斯兴奋地大叫道。

"汤姆，这是不是费多？"桑迪问道。

"你猜对了，这是费多，我给它安置了头部，和其他部件。"汤姆解释道，"它不再是之前实验室里那个搜寻热能产生电能的费多了，它由斯威夫特太阳能电池驱动。"

"但是，它从哪儿来的？"埃尔莎好奇地问道。

汤姆咧嘴一笑，指着道路上驾驶卡车缓缓巡视的巴德。他正挥手，吹哨示意。

"他看到我们从店里出来，就在人行道上放下了费多。"汤姆接着说道，"然后，费多就能根据戒指上微型机发散的射线追踪到我们。它的耳朵安置了小型定向无线电，用于接收你的信号。"

"怪不得，你送我这么美丽的宝石！"埃尔莎笑道。

"是的，从现在开始，你将有一段苦日子摆脱不了费多了，它绝不会让你离开它的视线。如果你确实要让它停一会。"汤姆补充道，"就拧一下它的鼻子，那是开关。"

埃尔莎微微一笑，然后又有些困惑地望向年轻的发明家："我还是不明白为什么你要设计它，好一整天追踪我？"

汤姆犹豫了，不想惊吓到埃尔莎。"可能，我想多了。"他说，"但经过那次怀表事件后，我决定保护你，让你远离危险。如果有谁烦扰你，你就按下戒指上的这颗宝石，费多立马就知道。"

"它真可爱！"菲利斯赞美道。

"我也这么想。"埃尔莎轻拍费多斗牛犬似的脑袋，说道，"汤姆，非常感谢你带给我这么一个忠实的保镖。"

桑迪咯咯地笑道："汤姆，尽管费多不能获得狗展上的最高表彰，但我真高兴你发明了它。"

注意到一些好奇的行人正朝他们拢来，汤姆的脸一下子红了，低声说道："大家快离开这吧，在被人逮着前，别堵塞人行道了！"

他和女孩们匆忙离开人行道，前往停车场。费多双轮滚动，跟在后头，期间惊吓了不少路人。因为无线电导航装置，使得费多一路呈直线行走，紧随埃尔莎身后几步。来到停车场，汤姆抬起费多，将它放在菲利斯白色跑车的后座上。

桑迪问道："如果埃尔莎想去兜风，而你又不在身旁，埃尔莎该怎么办，就是说，谁把费多抬上车？"

"不要紧。"汤姆说，"它的身体是由轻型塑料制成，电子齿轮也是微型的。费多看起来凶狠，但它不重。"

白色折叠车驶出停车场，汤姆挥手告别。巴德正在卡车上等着他。回斯威夫特公司的路上，巴德笑着说道："天才少年，你造出的可是一头小怪兽，在肖普顿，埃尔莎将会成为最受人瞩目的女孩了。"

"我设计它时，就考虑到这点了。"汤姆表示，"埃尔莎成了万众瞩目的焦点，我想未知的敌人就不敢对她下手了。"

巴德笑着驾车离开小镇，路过实验工厂，驶上了公路，说道："如果，你真想揭穿敌人，你应该将费多设计成一只侦探犬，能捕捉到坏人的踪迹。"

"真是个不错的点子。"汤姆回应道。

他机警的头脑随即想了想可能性。"巴德，也许能行。"汤姆若有所思地说道，"只要将水中原子跟踪器的原理应用到空中气味的捕捉上，而不是水下化学追踪就行。"

汤姆这里指他在潜水直升机上发明和安装的装置，用来跟踪海上船舰或其他对象。

"忘了我的话吧。"巴德打趣道，"伙计，你难道不能让你的大脑休息一会儿吗？也许来点音乐会有效。"

巴德轻敲仪表盘的收音键，转到朗朗上口的卡里普索音乐。一首歌下来，电台主持人说道：

"听众们，注意下，他们刚向我传达了一则新闻。又爆发了一次刺耳的噪声，与最近人们在R城听到的爆炸声相同，刚袭击了U城！太平洋时区早上10:17，隔了不到几分钟，噪声就开始了，交通已陷入混乱，城市哗然一片。完全不知道噪声的来源。"

汤姆震惊地望向巴德，说道："抓紧时间，飞人，我要联系泰德·艾尔海默获得第一手消息！"艾尔海默是斯威夫特的私人电视网络西海岸电台的广播员。

当他们快到达大型实验站时，巴德加快了速度。不一会儿，卡车驶过大门。车刚在本部大楼的附近停好，两个年轻人就一跃而出，跑进本部。

两人冲进斯威夫特宽敞的现代复式办公厅，从杂乱的工作堆中抬起头的斯威夫特先生露出一张惊讶的脸。

"出什么事了，孩子？"

"出大事了，爸爸！U城遭受噪声袭击，和我们在R城听到的一样！"汤姆奔向办公室一处墙体上的巨型控制面板。警示灯正闪烁着，有一通呼叫来电。汤姆立即接通视频电话。屏幕上出现了泰德·艾尔海默的画面，说话声夹杂着一阵刺耳的噪音。汤姆急忙调小了音量。

第六章 呼叫外太空

"这里正遭受音爆袭击。"广播员扯着嗓音,让人能听得到他的声音,"我认为你会有兴趣。"

"当然,泰德!"汤姆说道,"最新情况如何?"

"如你所见,情况愈演愈烈!"在外面进行报道的艾尔海默避到一旁,对准街道平移镜头。

镜头里交通堵塞,惊慌失措的行人捂着耳朵,东躲西逃。"我有两组可移动摄影机,拍摄着整个城市。"他继续说道,"稍等,我将视频导入进来。"

视频里出现了混乱的场景。与在R城时的情形一致,刺耳的声音呈螺旋式上下波动,非常怪异。他们离泰德越近,受到的影响就越明显。汤姆听到了自己心跳加快的声音。

"关于来源有什么线索吗?"斯威夫特先生说道。

"目前还没有。"艾尔海默回答道,"警方和民防当局正努力定位声音的发出地。我问了一些相关人士,他们对此也很迷惑。弄清这些要花费时间进行检测,现在还没准备就绪。"

另一时刻,巴德打开晶体收音机,接收到来自现场的广播。交通事故和救护车救济等报道应接不暇。

"关于这件事情引发了疯狂的推测。"一名新闻播报员说道,"一位大学教授,应其要求不便公开姓名,认为这阵噪声很可能是由外太空的生物发出的,或是从外太空来的信号。而且当地宗教的领袖史瓦米·法兹尔刚来电宣称世界末日即将来临!"

"哇！你听到了吗？"巴德说。

"这阵噪声会衰退的，我认为！"泰德·艾尔海默突然说道。

不一会儿，声音正逐渐消散，办公室里突然响起了电话声。汤姆接听了电话。

来电人是《肖普顿晚报》的编辑丹·帕金。他说道："汤姆，你和你的爸爸对发生在旧金山的这场噪声有什么见解吗？"

"抱歉，丹，我们并不知道。"年轻的发明家回答道，"如果你有什么合理的解释，我们很愿意知道。"

汤姆挂断电话，陷入沉思，接着问道："爸爸，你认为我们的太空朋友知道些什么吗？"

"需要进行一次远射，为了寻找答案值得一试。孩子，为什么不打电话联系他们？"

一段时间前，一颗奇特的黑色导弹降落到斯威夫特公司的地面上。上面带有符号，看起来像另一颗星球的生物传递的数字代码信息。父子破解了密码，并成功与未知的生物通过无线电装置建立了联系。

紧接着汤姆和巴德坐上吉普车去往太空通讯实验室。汤姆在那里快速地敲击电脑发送信息，电脑会自动对外太空信息进行编码和解码。很快，信号铃发出了回应，并将信息打印在磁带上，回复如下：

第六章 呼叫外太空

我们对于这一现象并不知情,但会参与调查。

直到夜晚,斯威夫特父子仍未收到任何消息,他们有些失望。一家人和埃尔莎正吃着晚饭,这时传来了不停作响的门铃声。离开餐桌的汤姆看到了哈伦·艾姆斯正一脸激动地站在门廊前。

"汤姆。"他说道,"我刚得到关于约翰·威弗恩的奇怪报道!这则报道来自E国!"

第七章　E国之行

"哈伦，快进来！"汤姆退到门边，让这名安保进来，压低声音对他说，"是好消息还是坏消息？"

"都是吧，很难说清楚。"

汤姆带领客人来到餐厅，大家为艾姆斯腾出了一个位置，斯威夫特夫人为他倒了一杯咖啡。埃尔莎·威弗恩瞪大双眼全神贯注地听着艾姆斯说起来。

"调查局有一个国际刑事警察组织将你爸爸的告示发布于世界各地。"艾姆斯告诉埃尔莎，"现在，他们收到了海底电报，上面称一名爱丽斯泉的警察船长发现沙地上有一行潦草的字迹，字迹清晰得从天上都能看到。上面写道'救我，约翰·威弗恩'"。

埃尔莎倒吸了一口气，问道："爱丽斯泉在E国某个遥远的地方吗？"

"他在E国的北部领域。"艾姆斯回答道，"它被E国人称为地广人稀，最不宜居住的内陆地区。警察认为留下这一印记的人已经走失或在这荒漠上到处游荡。空中搜索已在进行,目前仍没有相关信息的报道。"

"哦,埃尔莎!我很欣慰,至少还有一丝线索!"桑迪忍不住怜惜道,"不知为什么,我觉得你爸爸还活着!"

"谢谢你,桑迪,我也是这么觉得的。"埃尔莎的眼中泛起了希望的泪光。

"但是他怎么到E国这么远的地方的呢?我在想我是不是也应该去那里。"

汤姆转向他的爸爸,说:"爸爸,在这件事上我认为我们要下个赌注,在那两起音爆上的一个大赌注。巴德和我带上埃尔莎驾驶飞行实验室前往E国,你看如何?"

"好主意,孩子。"斯威夫特先生赞同道,"也许你们能够助搜寻工作一臂之力。"

桑迪蓝色的双瞳闪烁着激动的光芒,问道:"我呢?"

汤姆笑道:"好的,加上你和菲利斯两人。如果还没有收到E国政府发来的消息,我们将在周日出发。"

他们匆忙地制定好了行程安排。汤姆电话联系了巴德,桑迪通知了菲利斯。

遗憾的是,菲利斯不能一同前去,她要和她的妈妈外出度假。

当晚,汤姆正准备上床睡觉,他想起了巴德关于埃尔莎警卫犬一事说的话。

"也许我应该继续跟进技术,以防万一。"年轻的发明家如此想着。

周六早晨,在工厂,汤姆暂停了"沉默者马克二号"的研究工作,好描绘示意图和图纸。他把这些交给亚弗·汉森。

"请将这些整理出结果,下周一给我,可以吗?"汤姆问道。

"没问题,船长,但不用等那么久,我现在就可以开始。"这位高大的技术员一边浏览计划书,一边点着头。

中午,乔·温克勒推着餐车来到汤姆的实验室。乔脸上显露出委屈的神情:"汤姆,你该不会不带厨师就去E国吧?"

"怎么会呢,伙计,你想去吗?"

"我非常想去,老板!"乔瞬间明朗起来,回到他的厨房,哼着响亮、神气的民谣。

周六一大早,汤姆打了一通电话给E国政府。警察仍没有关于约翰·威弗恩的最新情报。

那日下午,汤姆一行人乘坐"蓝天女王"离开了。除了汤姆、巴德、桑迪、埃尔莎和乔以外,还有两人也登上了飞船。其中一人是汉克·斯特林,公司里温顺却很精壮的首席工程师和故障检修工。

飞行实验室以1020米每秒的速度航行,5小时后疾驰到了广袤的太平洋岛屿大陆上空,飞越过大碉堡及该处东部积雪覆

第七章 E国之行

积雪覆盖的大分水岭,机头朝西进入E国领地。

不久,看到的E国更加平坦贫瘠。在他们下方,是一片红褐色的沙漠,到处是波纹状的沙丘和山脊,夹杂着灰绿色的矮树,偏远牧场的住宅地遍布四处。

"有点像我们国家的西南部地区,不是吗?"乔说道。

"是啊,它还是畜牧业大国。"汤姆对厨师乔说道,"人们称他们的牧场为'牛群站',我听说很多牧场面积达3218平方千米。"

很快,"蓝天女王"朝爱丽丝泉的一座布局有序的小镇飞去,并在枣红色的山坡上安置下来。

"现在几点?"桑迪问道。

汤姆快速一算。将近周一早上的十点,别忘了我们已经越过了国际日界线。"看到桑迪和埃尔莎惊讶的表情,汤姆继续说道,"同时,E国现在是冬至,不过在E国的这块地区上我们察觉不到。"

飞船一着陆,牧场上一辆警车快速朝他们驶来。一位身穿卡其色制服,头戴宽边毡帽,高大威猛的男性从车上下来,向他们友好的微笑道:

"欢迎来到E国,哥们儿!我是金凯德中士,地方自卫队警察。"

"哥们儿。"汤姆知道,这是E国当地对朋友的称呼。

汤姆介绍过自己和同伴。金凯德说他收到A城政府的通知,有一批预计到达的客人。他告知机场塔台,你们的飞船一旦抵达就示意他本人。

这名中士载着汤姆、巴德和女孩们来到小镇的警察局。一行人对于偏远沙漠的前哨地区有精品商品、茂密花园和现代郊区小屋感到惊奇。不少街道的两旁都栽种了香柏、胡椒树和夹竹桃。

"多美的地方啊!"桑迪赞美道。

"真的很美。"金凯德自豪地说道,"很多人说这是E国最美的景点了。来这观光的游客,最后定居在这儿!"

游客们遇到了头戴牛仔帽,身穿紧身牛仔裤,皮肤黝黑的畜牧业者。

开车路过一片橘子树时,引起一群黄色胸脯的鹦鹉喳喳直叫。

在驻地上,金凯德中士简明地对来客说道:"一个在丛林漫游的土著在离求救印记的不远的地方看到了一位白人。"

"且慢,先生。"巴德插了一嘴,"什么叫在丛林漫游的土著?"

"土著也叫作土著居民,他们早在白人到来前便居住在这里。"金凯德说,"他们有的是一些畜牧业者或是牛仔。大约一年前,他们中的许多人不愿安守本分,脱下衣服,带着回旋镖和长矛一头扎进灌木丛里,他们被叫作'丛林漫游者'。"

警官继续说道:"总之,土著看到的这个人很可能是约翰·威弗恩,但那人野蛮和疯狂的行为让土著不敢接近。"

"是在哪儿发生的?"汤姆问道

"从这往北走约250千米,在默奇森河一带,沥青公路的东面。"金凯德补充道,"沥青公路是斯图尔特公路的俗称,向北走500千米直通爱丽斯泉与达温海岸。"

"你们的空中搜寻是否捕捉到了那个白人的踪迹?"埃尔莎焦急地问道。

金凯德摇了摇头说道:"抱歉女士,我们认为他应该是在夜晚动身的。但警方已派出一名追踪者找寻那人的行迹。我向你保证,他一定会找到你爸爸的,前提是那人确实是你爸爸。"

汤姆问是否可以与追踪者一道行动。

"当然,我计划你们一到就加入他的行动。尽管有些慢,但开飞机也没多大用处。我们还是要跟上追踪者的步伐。"

因为调查需要花费一段时间,于是决定只有汤姆、巴德、乔和中士参与其中。

五匹警察专用马都拖着行李在牧场上奔驰,赶往"女王号"飞船的所在地。

当朝北飞行的飞船掠过高速公路上空时,金凯德已坐在驾驶舱里。不久，金凯德指着下方沥青公路两侧的巨大岩石说道："当地人称这些为魔鬼的弹珠，没有人知道它们从哪来。土著认为它们是很久以前一条蛇形怪兽沉睡前搁置于此的蛋。"

金凯德让汤姆朝东面飞行，忽然巴德大叫一声："看！那里有印记！"

沙地上凿出一道巨大的字迹，尽管文字被刮来的尘土掩盖了一些，但还是能辨别一行字：救我！约翰·威弗恩。

飞行实验室在高空环绕一圈，金凯德拿着双筒望远镜侦查一名独行驰骋在锈色的大地上的骑手。

金凯德说："那是我们的追踪者。"

于是，汤姆在附近着陆。身穿褪色破烂衣服的骑手策马来到"女王号"前，下马向这群来客打招呼。骑手皮肤黝黑、鼻子扁平、有一头斑白的卷发。

金凯德介绍道："这是本，我们的追踪者。"

"你好！你们好！"本打招呼道。

汤姆他们注意到这个黑黄色皮肤的人，虽然腿很细长，但却结实有力，站得笔直。

乔瞅了瞅他脚上那双带有马刺的靴子，它们的两侧有弹性，鞋底薄。

金凯德问了关于追踪的情况，本说有个白人似乎是绕圈而行。

第七章　E国之行

"你是否觉得他很古怪?"中士问道。

"对极了,总体来看比较混乱。"

金凯德解释道,这意味着那名男子已经神志不清,或许生病了。

"本怎么知道?"巴德惊讶地问道。

中士笑着说道:"啊,本?我的人怎么就知道是吗?当他们追踪目标时,连同目标物的想法都一清二楚!"

队伍下了马,准备吃饭。

汤姆让汉克·斯特林在空中侦察未知的区域,说道:"除非你发现了威弗恩,不然驾驶'女王号'飞回爱丽斯泉待命。"

马队在尘土飞扬的赤黄荒地上持续搜索着。

本时不时下马观察地面的痕迹,那些模糊的痕迹甚至连乔也难以辨别。

午后终于阴凉了些,本牵着马匹指着身后的方向,两柱奇怪的红色沙尘暴正急速向他们袭来。

"天啊!那是什么?"巴德惊呆了。

"那是威力,威力斯。"中士金凯德回答道,"一种会出现在内地这儿的沙尘暴。"

旋转的风柱咆哮而过,卷起刺人的沙石。

"哇!真高兴它离开了我们!"巴德呼喊道。

日落时分,队伍搭起帐篷,本点燃了柴火,乔利索地煮出一锅可口的晚饭。饭后，他们铺开行李，很快睡着了。

汤姆在繁星闪烁的星空下醒来。黑夜之中，一阵马蹄逃窜的喧闹声如雷鸣般向他们涌来！有人猛地一拉他的胳膊。

"小心，伙计！"中士金凯德大喊，"这是一群失控的野马！"

第八章　疯子的踪迹

野马群？汤姆困惑了一会儿，等到他适应了月下的黑夜，他看清了惊慌失措的马群，马鬃飞扬。

巴德和乔爬起来，慌作一团。"怎——怎么了？"巴德结巴地说着。

"野马狂潮！"汤姆说道。

他们的马匹因为惊恐挣脱了缰绳，发出急促的嘶鸣声。两个男孩和乔奋力地控制住它们。

本从柴堆里一把抓起一根木棍，在篝火中点燃。他挥舞着燃烧的木棍。同时，金凯德端起步枪上膛，朝天开了几枪。

受惊的野马转向他方，嘈杂而去。

金凯德放下步枪说道："我从未见过像今夜这样暴动的野马。"

"也许有什么惊吓了它们。"乔说道

本点头同意道："他们翻山越岭来到这边，应该是有什么惊扰了他们。"

本还没说完,只听远方传来一声野狗的恐怖嚎叫。

"野狗。"中士说道,"大概就是这个原因。"

再没有其他骚动,日出时分,队伍收拾营帐,开始继续追踪。沙荒由一簇簇竖立的刺草、滨藜、洋槐灌林点缀着。其中还有一些奇形怪状高及膝盖的沙堆。

"蚁丘。"金凯德解释道,"在热带地区往往可达2.4米高。"

朝北走,地势低洼的陡坡及默奇森河周围的山脊遮盖了前方的视野。显然,他们所追踪的男性朝这个方向前行。但汤姆一行人看到的只是一群食草种群袋鼠和被他们吓跑了的一只像鸵鸟的鸸鹋。

上午十时左右,本在沙土上画下了新的印记。"土著。"他说道。

"未开化的土著?"汤姆问道。

金凯德点头说道:"管辖外的不完全野化的人在达文波特山生存。"

"也许是那巴力酋长的暴徒。"本补充道。

一小时后,一行人看到了小溪沿岸的一片桉树林,一缕轻烟向上飘散。

"那就是土著扎营的地方。"中士说道,"那儿正在进行一场祭祀。"

"那是什么?"巴德不解地问道

"类似一场歌舞盛宴。"

走入桉树林，一股药味从胶树白色的树干里散发出来，其中混合着烹饪的味道。栖息在枝头上的笑翠鸟发出的奇葩笑声让三个人惊奇不已。

约有四十个土著围着篝火蹲下。当一行人走近他们，下马时，土著都站了起来。衣衫褴褛的土著女人，她们将婴孩小心地从臀围绕下隐藏到小河边上"隆起"的矮木丛里。

男人们半裸着，头发用蛇皮带盘起。装有烟草和个人物品的草编挂在他们的脖颈上。成年男性留着胡须，肩膀和胸膛上刺有部族的图腾。一名头发灰白的长者来到警官的面前。

金凯德说道："你好，那巴力。你知道我们来这的原因吗？"酋长耸肩表示不知，中士继续说道："我们在找寻一个迷失的白人，不知你看到他了吗？"

这个那巴力人与他的族人交换了个眼色，神情不安地回答道："没有看到。"

"他应该离你们很近。"

这个那巴力人避开了中士质疑的目光。金凯德从口袋里拿出一些烟草塞子，又从马鞍上拿出一袋米和一袋糖。土著居民充满渴望地望着那些东西。

"现在，你能告诉我那个迷失的白人了吗？"

那巴力人越发紧张，说道："我们没有看到白色的家伙！"

第八章 疯子的踪迹

金凯德尖锐地看向他们，厉声说道："那就没有好东西给你们了。"说着拿开了袋子。

他们骑马离去，中士怒气地说道："他们看到过他，又或者他们至少知道他在附近，但他们什么也不说。"

"太对了。"巴德说道，"他们能轻而易举地追踪到他。"

"那为什么他们不帮我们？"巴德疑惑道。

中士金凯德摇摇头说："很难了解这些灌木林人，如果威弗恩神志不清，那些人也许被他吓到了，他们对这些东西很迷信。"

汤姆在想也许这些土著的恐惧是因为其他邪恶的因素。

"这些怪人吃什么？"乔插嘴问道。

"大多是吃袋鼠。"金凯德说道，"还有一些虫子、蠕虫、啮齿动物之类的。"

乔耸肩叹道："真高兴，他们没有邀请我们留下来吃午餐。"

时间一点点流逝，本越加频繁地停下来研究痕迹。他汇报，痕迹还是很清晰，他们搜寻的对象就在不远的地方。

暮色降临，荒漠的天空已被渲染成一片金红色。他们在默奇森河的岩石之上露营，吃着晚饭的时候，本习惯性地朝四下张望。

"怎么了？"金凯德问。

追踪者无奈地耸肩说道："不知道，头儿，感觉我们正被人盯着。"

吃完晚饭后,巴德突然低声说:"我听到了什么。"

追踪者本离开火光,一下跑入黑夜之中。模糊之中,其他人听到本攀爬营地之外高耸陡峭的岩石坡弄出的声音。

一段时间后,寂静被一阵惨叫声打破,砰的一声,一个人从上方摔了下来。

"是本!"金凯德大喊道,从火堆里点燃火把,奔向传来声音的地方,其他人紧跟其后。

很快,大家发现了本,头朝下,躺在斜坡上,肩膀上插着一根长而坚硬的矛。他们笨拙而又小心地将本抬回营地。

追踪者毫无意识。金凯德被这种小人偷袭的卑鄙行为气白了脸,大发怒火。但他知道很难在黑夜中找到攻击者。金凯德移除矛,尽其最大努力处理本的伤口。

"看起来不妙。"汤姆低语道,"伤口离心脏很近,最好别移动他。"

"我们可以呼叫皇家飞行医师救治队。"金凯德说道。

汤姆用他带来的无线对讲机呼叫对方与"蓝天女王"。等待中,金凯德陷入了沉思。

"要找另一个追踪者来代替本不太容易。"他说,"你也看到了我们在找寻威弗恩时,那些土著的反应。"

"包在我身上吧。"汤姆回答道。

第八章 疯子的踪迹

"蓝天女王"先抵达了他们所在的营地,随后到来了急救飞机。机上一位年轻的医生为本进行紧急治疗,并告诫他们应被送往医院救治。

"我了解你们的飞机适用于救护服务。"汤姆说道,"但我们的飞机速度更快,对于伤者也较舒适,可以的话,请你们使用它。"

医生欣然同意了,但是金凯德郑重说道:"直到找到袭击本的人我才离开这。"

"我和你一起,伙伴。"乔说道。

在返回爱丽丝泉的途中,汤姆致电公司,才知道肖普顿现在是凌晨。他问亚弗·汉森:"亚弗,我周六草拟的装置进行得如何了,差不多好了吗?"汤姆问道。

"船长,昨晚我就完成了装置,准备今天早晨对它进行测试。"

"好极了,等到一切安排妥当,把它用喷气式货机运下来。"汤姆嘱咐道,"一路上警醒点,另外就是把威弗恩的衣物打包给我。"

本被紧急送往爱丽丝泉医院。之后,医生报告说本已经康复,但是追踪者本没有那伙神秘枪兵的线索。

那晚,汤姆和巴德就在飞行实验室上睡了一觉,第二天早晨,年轻的发明家用无线电与乔和中士金凯德确认了状况。

"我已经去过了土著的营地。"金凯德说道,"那巴力人发誓他们之中没有人袭击了本，我认为他们没有说谎。"汤姆建议中士原地等候。

两个男孩和桑迪、埃尔莎一同午餐，桑迪讲述了她们的艾尔斯山之行，一座红色的巨山满是古老的石洞壁画。

汤姆对埃尔莎说的一番话让两个女孩有些困惑，他说："我想借你忠实的犬一用，它将会变成一名真正的侦探猎犬。"

经过10小时的飞行后，亚弗的货机中午一时抵达。辛普森医生——斯威夫特公司里的一位年轻的医生，也一道过来了，以防威弗恩到时需要医疗照顾。每一个人都感兴趣地看着汤姆在费多上安装的新装置，五条真空管设计在机械狗的前端。

"他们设计了一个气味装置，正如侦查犬用鼻子嗅气味一样。"汤姆解释道，"一开始，质谱仪分析器便会对嗅到的样品气味进行对比，而费多的导航装置则使中心管在追踪过程中保持有序。"

巴德笑道："我一定要看看！"

巴德、亚弗和医生乘坐"蓝天女王"朝北飞翔在内地上空，在营地着陆。

穿着威弗恩先生极度破旧的毛衣的汤姆开启了质谱仪，对一定的气味分子进行侦查。然后汤姆用无线电控制装置开启了费多。

机器在坚硬的碎石上侦查了数小时之久。黄昏降临，一顿

第八章 疯子的踪迹

晚餐休息后,汤姆坚持要继续侦查。他按下了一个按钮,费多颈上的液晶投影机镜头发出了耀眼的光芒,照亮了各个方位。

追踪到一处低洼的地方,又经过了一个长满草和矮树的开阔地区。这时,费多突然转向他们左侧岩石堆的一条漆黑通道。

"是一个洞穴!"巴德兴奋地叫道。

忽然,里面传来一声可怕的尖叫声。

第九章　迪吉里杜管

马背上的搜寻者被惊得一动不动。尽管汤姆故作镇定,但从洞内传来的可怕尖叫还是让他不寒而栗。

"我的天啊!"亚弗发出嘶哑的声音低声说道,"那会是人类吗?"

"应该是半人类。"中士金凯德悄声说道,"如果我们要找的人在里头,哎呀,他肯定状况不妙!"

汤姆握紧他从"蓝天女王"带来的便携式斥力装置,以防危险。这个装置能发射斥力,是之前在深海潜水和后来在伟大的探月飞船"挑战者号"上所使用的装置。

"最好让我走在前头。"汤姆说。

他们下了马,向洞口处前进。费多停在洞穴外,汤姆的控制箱掌控着它的无线电信号。它颈上发出的耀眼的光芒一直照射进洞内,但汤姆一行人仍未看到任何生命存在的迹象。

汤姆越过机械狗走了进去,手中握着他的斥力装置。往里走,宽阔的洞口变成伸手不见五指的洞穴。

突然，一阵嘶嘶声让汤姆毛骨悚然，混乱间他看到了一个人影从左侧的岩石壁一闪而过。

约翰·威弗恩！

这位科学家的模样惨不忍睹，瘦得只剩下骨头，他的衬衫和裤子肮脏污秽、破烂不堪。他的脸被太阳灼伤成红棕色，四周生长着碎沙密布的胡须，野性的眼睛流露出恐惧。

"我的天啊！别告诉我这人是威弗恩！"巴德惊叫道，他和其他人挤进洞内跟在汤姆身后。

"走开！别，别，别过来！"威弗恩发出恐惧的叫喊声，开始精神错乱地胡言乱语道。

"放轻松，伙计。"金凯德轻缓地安抚道。

威弗恩的右手死死地握成拳头，很明显手中握着什么，但另一只指甲断裂的左手正张牙舞爪，看样子，他已做好凶猛抵抗的准备，只要他们再靠近一点。

"停下！"汤姆警告他的伙伴，举起斥力装置对着尖锐的岩石按下了开关。

看到汤姆举起了装置，威弗恩猛地撞向汤姆，然而，斥力光线的作用力反将他弹向了岩壁！这个发疯的逃亡者扭曲挣扎着，他发红的双眼愤怒地瞪着，却无力反击斥力装置光线发出的无形屏障。

"威弗恩博士，我们是您的朋友！"汤姆急促地说道，"我们是来救你的！"

第九章 迪吉里杜管

得知这伙人无意伤害自己，威弗恩的敌意消散下去。

身体强壮的中士，在巴德和亚弗的协助下将威弗恩从洞内带到光亮的外头，让辛普森医生来为他治疗。

汤姆轻轻地拨开威弗恩的拳头，里面有一块粗糙但却美丽的蓝黑色石头，石头上有红色、金色、绿色的斑点。

"哇！这是什么石头？"巴德问道。

汤姆举起宝石，光线之下，宝石的颜色闪烁微光："如果我没弄错，它是天然的蛋白石。"

"哥们儿，你说的不错。"中士金凯德说道，"这是一颗黑色蛋白石，我得说他价值不菲啊！哥们儿，我很好奇他在哪里拾到的。"

与此同时，医生正为憔悴的科学家治疗。威弗恩断断续续地回答着医生的问题。

"他是被人下药了吗？"汤姆问。

"不，至少不是最近的事。"医生看起来有些吃惊，说道，"也许是经历了一段苦难，身心俱疲，才会神志不清，又或者受到某种类型的洗脑。"

"洗脑？"汤姆惊讶地盯着年轻的医生说道，"到底是哪类？"

医生皱眉，无奈耸肩回答："机长，我很难说清楚，但设想他被绑架了，对方也许会虐待他，甚至让他遭受生理上的折磨，以致他的精神崩溃。"

第九章 迪吉里杜管

"嗯,我懂了,你会给他服用镇静药吗?"

"只要他保持安静就不用。"博士说,"将他送往医院前,我也会帮他用双脚站立起来。"

"好,我现在就呼叫'蓝天女王'。"

汤姆调整好收发器便致电爱丽丝泉的飞行实验室。在送出"找到翼龙"这则突发的好消息后,汤姆请汉克·斯特林前来接应他们。

然而,汉克报告说,他们的起落装置在他降落飞机场时损坏了:"汤姆,我们正在修复它,至少半个小时后才能起飞。"

"收到。"汤姆回复道,"但还请尽快,汉克。"

他们在洞穴内安置下来等待着。外面,乔已生好火,煮着一罐"比利"的茶和病人食用的伙食,威弗恩吃得狼吞虎咽。

"这是一个奇迹,这个可怜人没有因为饥饿和口渴死去。"亚弗说道。

"也许土著给了他一点食物,或者他很幸运地捕捉到了岩石上的蜥蜴或其他小生物。"金凯德说,"死水潭,小溪,那些黑人所驻扎的地方提供水源,植物也是。"

"我想知道的是,他是在哪得到这块石头的,对此,中士你的看法是?"

"嗯,境内的一些人有零散的蛋白石,这是他们在别处捡到。在爱丽斯的展会上有一整套蛋白石。然而,就我所知的众多珍贵宝石中，没有一个像这颗刚好在境内发现，虽然也有一些普通的蛋白石在南鳄河被发现。"

金凯德一面喝着茶，一面在光线下研究宝石："离我们最近的一个真矿区是在E国南部的库伯佩迪和安达莫卡，而黑色蛋白石一般产自新南威尔士州上的莱特宁岭。"

"他会是在那片土地上获得这颗蛋白石吗？"

中士点头说道："是的，正是在那偶然发现了非常丰富的矿脉。"

"你认为威弗恩一直都知道蛋白石矿脉在这里？"亚弗说了句。

"然后，他才来E国的吗，你是这个意思吗？"汤姆说道。

"当然，他也许有伙伴私下开采蛋白石，威弗恩来到这索要他的一份利益，但是他们出卖了他，并把他扔到了这片地区，由他自生自灭。"

汤姆揉了揉他的下巴思考道："亚弗，这真是个有趣的故事。那这样如何，威弗恩万事俱备来到R城，为了阅读一部科学论文。我无法想象他会以其为借口什么都不说就离开了埃尔莎。"

"这也解释不通谁袭击了我们的追踪者。"巴德反驳道，"除非这是威弗恩自己做的，萨奇，你认为他会那么做吗？"

"假设是威弗恩袭击了本，但是我很怀疑，这些本土的矛

第九章 迪吉里杜管

很难投掷,袭击本的人应该具备强劲的力道投掷,或者有一个土著投掷矛的标枪投掷器,或是投矛器。"

为了消磨时间,汤姆将收音机调到达尔文站播报的音乐频道,此时已接近晚上9:30,E国东部海岸已过了半个小时。

不久将播出来自E国广播委员会的十时新闻。

汤姆和他的朋友惊讶于发言人说话的内容:

"A国又有城市受到奇异噪声袭击!这阵刺耳的噪音激起了人们的愤怒,因为它发生时正是早晨的高峰时段。开往城市的高速公路陷入瘫痪,制造出大量的交通事故,噪音停后的半小时,50余人被送往医院。"

"我的天啊!又发生了!"巴德大叫道。

"但袭击并不会结束。"发言人继续说道,"很快,A国各大新闻社收到了匿名电话,对方称已向A国政府送去一个警告。警告说发生在这3座城市的攻击,只是为即将到来的最坏状况做的一个样例。"

"除非,政府同意以下条款,这个漫长的音爆袭击才能在摧毁另一座城市前终止,不制造大乱,危及成千上万的市民。条款尚未公布,然而,政府对此没有透露半点消息。"

"我叫得响的大牛排啊!"乔暴怒地说道,"这些该死的人是怎么了,打退堂鼓了吗?"

"如果这恐吓是真的,后果便不堪设想。"汤姆担忧地说道,"受灾半小时后,就有50人被送往医院救治,但报告里没提及有多少人近乎崩溃。从科莫博士那,我了解了声波的冲击力。如果一座城市长时间忍受那样的声音,将会导致数百人,甚至上千人死亡。"

听了汤姆的一席话,大家感到胆寒。乔问:"是怎样一群粗暴的人才干得出这种事?"

在汤姆回答前,一阵怪异低沉的声音响彻了黑夜,以一种奇怪的节奏,音调缓慢、上下起伏。

"什么在燃烧?"亚弗惊叫道

"是迪吉里杜管!"金凯德说道,这是土著吹来召唤亡灵的长木管。

A国人一个个都不自然地看向对方。

"他们也许就在附近观察我们。"巴德低语道,"也许有一个还是袭击了本的人!"

"这次换我去瞧瞧。"金凯德说道。

"不要一个人!"汤姆握着他的斥力装置。

最后决定由汤姆、巴德、乔、中士一同前往。队伍离开洞穴时,那阵怪异低沉的声音仍在继续。汤姆带上他的手电筒,其他人举着熊熊燃烧的火把。

这阵声音似乎是过去在哪听过,但它现在转向,来到斜坡和岩石的仰冲断层。

过了一会儿,声音又消失殆尽,汤姆和他的同伴带着不解返回了营地。

正当他们接近洞穴,所有人吓得突然停下,只见两个失去意识的人躺在地面上。

"那是亚弗和医生!"巴德大声呼喊道。

第十章　激烈的预兆

在篝火映照的光芒下,两人脸部朝下,面无表情地躺在地上。担心发生最糟糕的情况,汤姆立马朝他们奔去。

"亚弗!医生!"年轻的发明家大喊。他小心翻转亚弗的身体,并没有发现伤痕。

"他们的头部被袭击了。"金凯德中士低声说道,用手指抚摸医生辛普森的头盖骨后,发现上方的肿块,"不过,他还有呼吸。"

亚弗·汉森也一样。汤姆得知后松了口气。但是马被人骑走了。

这时,巴德走进洞穴,脸色惨白。"威弗恩不见了!"他说道。

汤姆一脸惊愕地抬起头。

"还不止这些。"巴德接着说,"你们来看看费多!"

汤姆跳了起来,大步跃过篝火走进洞穴。一眼就看到他的机械狗被人破坏了。它的头部和塑料身体都已毁坏,显然受到

第十章 激烈的预兆

了重击,而机械里面的电子线路也被人扯坏了。

"噢,天啊!"汤姆绝望地叫道。

压抑着苦不堪言的愤怒,汤姆赶忙跑出洞穴帮助金凯德中士复苏两名伤员。仔细检查地面的乔双手和膝盖都受了伤。

"头儿,来这里的家伙很可能是土著。"乔说道,"看到这里了吗?正常人根本不可能会赤脚走路的。"

"他们肯定不止一人。"巴德插话道。

"是的,我同意,但可能不是所有人都赤脚过来。地面太硬,看不出太多线索,但看起来这有挣扎过的痕迹。"

乔站起身,朝前走,眺望火焰边缘附近的灌木林:"然后他们往那个方向逃离了。"

汤姆看了一眼南十字星后指出:"差不多是正北方向,他们肯定是沿着默奇森河进入到开放的地区。"

"他们肯定未过通关口。"巴德同意道,"否则我们会看到他们。"

到现在,医生和亚弗才有苏醒的迹象。等到恢复意识,有足够精神可以说话时,他们讲述了他们的遭遇。

"那时你们都离开了,一个土著走近篝火。"亚弗讲述道,"他表现得很友善,也很激动。我们不明白他说什么,他一直做着手势,似乎想向我们展示一些东西。"

"我们就像两个呆瓜一样上当了。"畏缩的医生说道,"他肯定有同伴。我们正要走出洞穴时,被人从背后袭击了。"

"我们俩都昏了过去。"亚弗可怜地说道。

两人得知威弗恩跑掉后,都感到惊讶和惭愧。

"除非是对付目标,否则在这方面我们的脑子不太灵活。"辛普森沮丧地说道。

"别多想。碰到这种情况我们都可能和你一样。"汤姆说,"最糟糕的是,现在费多被毁坏了,没法再跟踪他们。"发明家情绪低落,"估计你们没能看到是谁毁坏费多的,我的意思是,他们是土著吗?"

医生摇摇头,"没看到。"

"我也没看到。"亚弗说。

"看。"巴德说,"我们怎么知道威弗恩不是心甘情愿地跟他们走的?袭击者可能是他的朋友,并认为是将他从我们这边救出来。"

"而答案是,我们都不知道。"汤姆坦言道。

不久,夜空中出现"蓝天女王"的探照灯,这台庞大的飞行物在洞穴附近降落。

汤姆不敢告诉埃尔莎,她爸爸第二次失踪的消息。她是那么迫不及待想再次见到平安无事的爸爸,而这则消息无疑是残酷的打击。桑迪试着安慰她的朋友,但埃尔莎还是忍不住流下泪水。

"今晚我们做不了其他的事。"汤姆无奈地说,"但我

第十章 激烈的预兆

向你保证，明早我会修好费多。那之后，找到你爸爸只是时间问题。"

在"蓝天女王"舒适的卧室里，汤姆的同伴带着倦意与担忧渐渐入睡。而汤姆在装置齐全的实验室里着手工作。

亚弗自愿协助汤姆。这个模型制作者很快造出一个塑料模型代替费多断裂的头部和身体。另一边，汤姆全神贯注地处理机器复杂混乱的电路。塑料罩制成后，亚弗开始用焊接器和螺丝刀做一些修复工作。汤姆检查精致的固体和薄膜零件。

大约凌晨两点，亚弗支撑不住，带着疲倦昏昏欲睡，倒在了床铺上。汤姆又继续工作了一小时，直到修复工作完成为止。之后他便趴在工作台上安然入睡。

就在此时，汤姆似乎被摇醒。他无力地抬起头，看到了金发汉克·斯特林方形的脸。

"怎么了？"

"船长，看窗外！"

汤姆猛然警觉，跳起来朝夜空望去。火球在地上不断地滚动！它应该是从船后的某个地方进来的，根本看不到火球的源头，但船尾已被怪异的火团点燃。

汤姆脸色苍白："我觉得这就是E国人所说的灌木林火，汉克，就像我们的风滚草！它肯定是被大风从灌木林那边吹来的！"

两人从实验室跑向走廊，飞奔下钢梯，跑到飞行器的入舱口。

一看，汤姆便验证了自己的猜测。往北方向的整片平原已经变成一片火海！到处爆发鲜红的火团，着火的矮树像火炬一样发光。

汤姆与汉克都十分震惊，他们从大火中感受到阵阵热浪。惊慌失措的袋鼠、野狗，正在黑夜中四处逃窜，奔向默奇森河山脉上安全的地方。

"今晚太可怕了！"汉克咕哝着说。

"幸亏你早发现了这场大火。是什么叫醒你的？"

"我好像听到了一阵噪声，可能就是这场熊熊大火。"汉克回答道，"虽然我想再打个盹，但我还是决定起床检查一下。然后我就发现那些滚动的火球。"

火焰朝他们蔓延过来，眼下已十分接近。

汤姆打了个寒战："我都不愿意去想威弗恩会在哪里了！来吧，汉克，我们回到飞船上吧！"

"蓝天女王"凌空飞起。汤姆开启大范围搜索模式，极其希望能够看到威弗恩和与他在一起的人。随着熊熊大火蔓延到山边，外面的人基本不可能存活。

对讲机突然响起。飞船的无线电人员通知汤姆，他的爸爸从肖普顿来电。汤姆接到他这处，向爸爸报告了最近发生的事。

"太糟糕了，孩子，太糟糕了！你认为还有机会救威弗

第十章 激烈的预兆

恩吗?"

"如果他还在大火里面的话,那就不可能了。"汤姆冷静地说道。

"那么,我觉得你最好还是先回家一趟。"斯威夫特先生说道,"我和你被邀请参加在W城举行的一场紧急会议。"

"爸爸,关于什么的?"

"我觉得肯定音爆攻击的威胁有关,你听说过这事吗?"

"嗯,我们在收音机里听说了。"

"有很多人的生命可能处于危险之中。"他爸爸说道,"我看看,现在这边大概是下午3:15,今晚八点会议在国防大楼举行。你能过来参加吗?"

"给我半小时左右的时间,我会到那儿。"年轻的发明家许诺道。

无线电人员已注意到大火覆盖了整片区域。汤姆最后飞行了一圈,不抱希望地对这一地带巡视了一遍,看不到任何人类的迹象。他也确认了山丘南部土著的安全,接着前往爱丽斯泉。

埃尔莎悲痛欲绝,眼泪也已流干,但她决定继续留下寻找她爸爸。金凯德中士向她推荐了一间小旅馆,老板是个和蔼的女性,她可以住在那。亚弗·汉森也同意留下,运用费多,以期在大火烧尽后找到威弗恩的踪迹。

与两人一同留下的还有一台"滑行船号",那是一架常放在飞船上的小型直升机。将他们两人和直升机留在爱丽斯泉的飞机场后,"蓝天女王"急飞冲天,越过太平洋,往归途飞去。汤姆加大油门,高速运行原子涡轮喷气机,以1360米每秒的速度横跨天际。

周三晚上,离八点还有三分钟,"蓝天女王"抵达W城机场。斯威夫特先生叫了一辆出租车,载着他和汤姆匆忙去往国防部,在那里他们避开了一大班热切的记者。

汤姆和爸爸走进会议室时,多名政府顶尖科学家和国防部官员早已就座完毕。

国防部代理部长马丁·弗罗姆与两人会面后,正式宣布会议开始。只见他一脸严肃地说:"先生们,当前,A国境内正受到不明敌人的威胁!"

第十一章　致命的俯冲

"今天早上总统先生收到一封邮件。"弗罗姆继续道,"我把内容读给大家听听。"

他顿了顿,拿起打印好的文件纸。

"阁下,想必您也目睹了音爆攻击上演的精彩好戏。任一城市,从A国东海岸到西海岸,皆不堪一击。"

"但是,这三次袭击仅仅是小小的示范而已,小试牛刀罢了。若全力发动声波攻击,不难预料,一座城市很快会陷入极度混乱,交通瘫痪、通信中断、伤亡无数。"

"我们本无意于实施此类袭击。选择权实则掌握在贵方手中,总统先生明鉴。如欲阻止灾难发生,只要交付一千万元即可,这个数目对富庶的A国来讲简直微乎其微。"

"倘若贵方拒不付款,A国繁华都市遭受惨绝人寰的声波攻击则指日可待。届时,我方会重申收款要求,数额为五千万美金,而且另一座城市会被列为袭击目标。"

"阁下有十天限期发布公众声明同意我方条件。而后即可收到付款方式的详细说明。如若不然,后果自负。"

副国务卿话音落后,现场一片沉寂。接着,一位面色冷峻、灰白头发的部队军官咆哮道:

"我们不能忍气吞声!这会让A国成为全世界的笑柄!那等于昭告世界,我们面对这样的袭击根本束手无策!"

"事实上我们本来就束手无策。"弗罗姆直言不讳,"我们甚至不清楚哪里会遭受袭击。除非我们能够在限期内疏散所有大城市的人口,否则一场人间灾难在所难免。"

一位内阁官员很不自在地把玩手里的铅笔,这时只听他清了清喉咙,轻声说:"诸位,比起我们政府每天在那些非紧急事项上的开销,一千万真的不是什么大数目。按要求付款可能是最明智的做法。与此同时,调查局还可以借此追查幕后罪犯的线索。"

"可这分明就是敲诈啊!"那名部队军官对这种说法嗤之以鼻,"付了第一次就会有第二次、第三次。勒索犯都是欲壑难填,要满足他们岂不是痴人说梦!"

"这我想到了,将军。"内阁官员回道,"我估计调查局在罪犯下次敲诈前可以将其一网打尽。关键是我们不得不为万千民众的生命安全考虑。"

接下来各种观点此起彼伏,争论不休。几名官员强调说,一旦付款,定会伤及A国的国家尊严,有损民众对法律和秩序

的敬畏。另外又有官员指出,通过付款,调查局一定会由此追踪到罪犯线索。

副国务卿弗罗姆向在座的科学家征求意见。同样众说纷纭,无法形成有效对策。

汤姆和父亲耳语片刻后开口讲道:"诸位,我正在研究一种装置,它有望抵御音爆攻击。"

所有目光齐刷刷投向这位年轻的科学家。汤姆讲了他尝试设计的"沉默者号",有效运作距离比"马克一号"还要远得多。

"还有多久能完成?"弗罗姆问道。

"基本构思已确定,我想48个小时内就可以全部完成。"汤姆补充说可以量产,而且"蓝天女王"能够在1小时内飞抵国内任何一座城市。

一大波提问纷纷抛来。

"汤姆·斯威夫特的想法我完全赞成!"伯恩特·阿尔格伦说道。他是国防部高级研究员。

副国务卿眉头微皱,若有所思地戳着下巴:"诸位,我还是先把这个提议上报白宫的好。"

弗罗姆起身离席打了一通电话。很快又返了回来。

弗罗姆向大家说道:"总统先生决定形成最终决议前,先等待汤姆·斯威夫特集团的项目结果。感谢各位拨冗前来参加会议,并提出宝贵建议!"

新闻记者们守在外面，但是斯威夫特父子一路躲闪，避开了采访。去机场的路上，他们看到新闻板上的大字标题：五角大楼召集斯威夫特父子！

"蓝天女王"起飞。飞往肖普顿的途中，广播声音响起："机长，有找你的电话，已经为你接通，但是对方拒绝认证身份。"

汤姆戴上耳机："我是汤姆·斯威夫特。"

"斯威夫特，你给我听着。"话筒传来怒吼声，"只警告你这一次。别干涉声波攻击，否则你就等着做第一个牺牲品！"

汤姆连忙追问，但是杳无回音。同在机舱中的斯威夫特先生面色凝重地讲道：

"你本来就肩负着巨大的责任，汤姆。现在看来还是无比危险的责任。"

"刚才的威胁根本吓不倒我，爸爸。"

"是的，我知道。不过我们得让艾姆斯加强一切安保措施。"

接下来的两天，汤姆工作睡觉都不离开集团的私人实验室。星期六，"沉默者马克二号"的飞行测试如期进行。巴德负责驾驶测试，这时正与汤姆在实验室共进午餐。

年轻的飞行员兴致勃勃地盯着两台并排的古怪装置，它们水平悬置在汤姆的工作台上。

第十一章 致命的俯冲

每台装置有6米长，石英管线绕着中心轴卷成螺旋线圈。三个开着口的金属翼从头至尾纵向延展。装置一端有一个闪闪发光的金属球。

两个装置由电线连接到工作台的电子控制板上。

"这就是你的'新沉默者'装置吧。"巴德说，"为什么做了两个呢？"

"这对设备是为'蓝天女王'设计的——每个机翼下边放一个。"汤姆回答，"今天你要测试的这个部件，到时会安装在你的飞机前部。"

"快跟我讲讲这个的工作原理。"

汤姆眨了眨眼："你想听完全版技术说明还是精简版讲解？"

"当然精简版啊，伙计，照顾下我的智商好吗。"

"别低估自己嘛，飞人。"汤姆坏笑着说，"好吧，我就简单点说。你应该知道，声波是通过空气分子的往复振荡传播的。"

巴德点头，"这我懂。"

"其实，我的"马克二号"是通过脉冲发出相同频率的斥力来消除振动的。就像在游乐场，想要让摆动的秋千停下，就在每次它摆向你的时候给它一个反向的力。"

"听起来不错嘛！"巴德说道，"那些线圈又是干什么的？"

"那是用来产生脉冲的电源线。"汤姆答道,"那些长条开口用来导入声波样本,这样"沉默者"就可以辨别声波方向和频率大小了。"

乔在实验室旁边的房间里给男孩子们备好了午餐。"汤来了,小伙子们!"他大声招呼着。

汤姆和巴德坐下用餐时,汤姆仔细说明了飞行测试的步骤。"飞机在商用机场的机库里。"他说道。

"怎么不放在集团这里呢?"

"到时候会有观众的,另外哈伦也不想让飞机进这里,现在他加强了安保工作。"汤姆答道,"一阶测试是在机场上空进行超音速俯冲。"

"干吗要俯冲啊?"巴德问。

"为了更好地达到340米每秒速率节点,这样保证我们能在机场上应付得了最大强度的音爆。"汤姆补充说,"如果'沉默者'今天表现得好,接着就可以在肖普顿上空飞上几圈,那时你愿意提速的话,超过340米每秒多少都随便你。"

"我今天要开个过瘾!"巴德边想边咯咯地笑。接着走到一个架子旁,打开晶体管收音机,"嘿!差点忘了!洋基队对战老虎队的两场比赛马上开始了!"

乔推着餐车出了房间。"巴德这小子不正是想听球赛嘛,对吧?"厨师狡黠地想着,"看来我报仇的机会终于来了,谁让这两个臭小子几周前捉弄我来着!我就用汤姆新鼓捣出来的

第十一章 致命的俯冲

这个'静音霸王'让他们的收音机瘫痪掉!"

他推车来到实验室,打量着汤姆工作台上的电子控制板,"嗯。不知道他怎么摆弄这小玩意儿的。看来最好把这些小钮全推上去吧。"

乔等着看好戏。不过好像根本没什么反应。

"可能没插电呢。"厨师想着。他弯腰去查看工作台下延伸出来的电线。

砰!汤姆和巴德被这巨大的爆炸声吓得不轻!几乎同一时间又听到乔痛苦的嚎叫。

"天呐!出什么事了?"汤姆惊呼。

男孩子们三步并作两步跑进实验室。只见乔正双手揪着裤子的后臀部分。

"怎么了?"巴德问道。

"不知哪个兔崽子拿机枪把我扫了!"乔吼道,"这下子我的屁股一周都不能坐了!"

听完乔讲了事情经过,巴德也困惑不解。不过当汤姆前去关闭设备时,他发现了工作台和地板上的一层银色碎屑。年轻的发明家忍不住狂笑不止。

"干吗把你笑成这样?"乔愤愤然。

"恐怕你刚才是邂逅声波散弹了,朋友!"汤姆解释说,"乔之前不只是打开了'沉默者',还启动了声波高能振荡器,那是他测试设备用的。而且,你把它调成了超声波频段,差不多达到了10兆周的频率。"

"那有什么大不了的?"乔问。

"'沉默者'对于这样的高频并无反应,你的耳朵也听不到这样的高频。"汤姆答道,"但是这恰好达到了工作台上铝质模具的共振频率。就像处在高C调女高音条件下葡萄酒杯会碎掉,同样道理,那边的模具也訇然粉碎了,你是被高速飞溅的铝颗粒伤到了。"

男孩子们催促乔到医务室包扎。所幸他伤得不重。

汤姆和巴德下午两点到达机场时,政府官员和新闻记者已守候在现场,准备观摩。

汤姆热情地打招呼,并向大家介绍了巴德。接着他向众人解释了飞行测试的步骤安排。飞机驶出了机库,汉克·斯特林和一名机修师正在安装"沉默者号"。这是一架精心设计的小型双引擎喷气飞机,由斯威夫特工程公司建造。

官员与记者们对"沉默者号"抱有极大的兴趣。这个单元件模型长2.4米,悬吊在机头下面的位置。

"驾驶员可以对设备进行伸缩操作。"汤姆对现场观众讲道,"在人群聚集区域起飞时,'沉默者号'就像现在这样可以张开,进入'音爆终结者'模式。一会儿,巴德全力加速上升到一定高度时,他会收起设备,进入超音速巡航模式。当然了,在他到了另一处人群多的地点,降落前还会再展开设备。"

第十一章 致命的俯冲

巴德登机后,很快就驾驶飞机呼啸在跑道上。升空后,他陡直地急速上升。作为开始俯冲的标志性动作,巴德选择了肖普顿附近一处树木繁盛的山峰。巴德开到它的正上方,高度仪显示读数为914米。

巴德调转机头做了180度的转弯,与远处的机场方向对齐。机场更远处的卡罗帕湖看起来就像蓝色的小水坑。

"已做好俯冲准备!"巴德通过无线电汇报。

"收到,请开始俯冲。"汤姆和观众等候在机场塔楼缓台上。

巴德前推操纵杆。机头下降,整个机身平稳地完成倾斜动作。飞机向着目标位置呼啸着急冲下去。

巴德目光扫来扫去,一边看着下方的机场缓台,一边观察仪表板上的速度仪。随着飞机的增速,速度仪的指针持续上摆。

飞机在5943米高度达到340米每秒速度,向机场发射一组震荡波。下面的人群听到一声低沉的爆炸声炸响在头顶,仿佛一记沉闷的春雷。

汤姆失望地攥紧了拳头,"沉默者"第一次当众测试失败了!虽然音爆的威力已经被"沉默者"大幅削减,但是他的发明距离理想效果还是差了好多。

远处天空上,巴德向后回拉操纵杆打算结束俯冲。令他惊惧地是,机头根本升不起来了!

第十一章 致命的俯冲

巴德精壮有力的胳膊拼尽全力扳动操纵杆,它只稍微动了动,完全不足以让飞机升起来。飞机仍在头朝下俯冲!

巴德本能地按下电子配平控制键,想要打开飞行平衡器借此上升,但是仍然没有反应!

汗珠滚落巴德的脸颊。一秒又一秒,飞机直冲地面!

巴德绝望地去拉手动备用杆,可它却像是冻僵了一样,机头像灌铅了似的!

"汤姆!"他对着呼麦大叫,"无法恢复航向!我要坠机了!"

第十二章　离奇的预言

巴德发狂似的呼叫让汤姆顿感恐惧袭来，机场的人们也注意到飞机并没有结束俯冲。

"你试过配平控制器了吗？"汤姆回应道。

"根本不管用！"

飞机上，巴德面色苍白地看着高度仪的读数不断下降，11000，10000，9000，飞机就像一道闪电从天而降！

汤姆心中焦急，大脑高速运转。应急操控已然无效，一旦坠机，想想看，那会对住房和建筑造成多大的破坏。

突然汤姆抓住麦克风："巴德，投弃'沉默者'！"

"怎么投弃，机长？"

"打开二氧化碳弹药筒以获取阻力，放下'沉默者'应急推举器。"汤姆命令道，"设备展开后飞机会不断颠簸，足够让它松掉！再后面的操作就交给气流好了！"

巴德用颤抖的手指按要求完成操作，高度仪显示飞机已降至1828米高度。他打开二氧化碳弹药筒，"沉默者"从安装

第十二章 离奇的预言

位置上有所松动。

很快,巴德就感到机头突然变轻了!沉重的2.4米长的"沉默者"被抛向了卡罗帕湖!

巴德心中雀跃不已,飞机终于恢复正常。他后拉操纵杆,身体受到七倍于地心引力的作用,他紧紧贴靠在座椅上。飞机回升过快,他的脸因受力过大压成了骷髅面具的样子。他觉得一阵头晕,有一刻似乎失去了意识。

突然飞机出现剧烈的颠簸!巴德在座椅上摇来晃去,飞机仿佛遭到了千锤万击。

"飞机接近失速临界点了!"他对着麦克风大呼,"我回升太快了!"

他的四肢沉似灌铅。尽管如此,巴德还是成功地把操纵杆推向前方。就像魔法一样,颠簸消失了。紧接着,巴德缓慢又小心地再次把操纵杆向后回拉。

飞机下降得几乎贴到了树顶上,才终于再次冲天而起。巴德深吸一口气,打开节流阀,飞机向高处爬升。

"干得好,太空小子!"汤姆赞道。

"还不是全靠你,伙计,要不是你想到投弃'沉默者',我今天还不把小命交代了!"巴德接着语气伤感地补充道,"这次你的测试算是彻底毁了。"

"别想那个了,快下来吧。"汤姆答道,"我的发明没能抵御声波弹。"

巴德着陆后下了飞机仍然面色苍白，四肢发抖。"配平控制器绝对是失灵了。"他说。

"让汉克查下。"汤姆简洁地说。

飞机驶入了机库，汤姆与人讨论测试成果。

"你的'沉默者'，就现在来看，根本抵御不了全力的声波袭击。"一名国防部官员说道，"但是它可能还是有用的。"

记者们徘徊在现场等候听取飞机检查结果。而出来的消息并不乐观。汉克说电子配平控制器被人动了手脚，受到了破坏。在俯冲时，飞行平衡器处于下降模式，而配平控制这时就失灵了。

"你确定有人动了手脚？"汤姆问道。

"完全确定，机长。"汉克拿出来一个小巧的无液气压计。在达到预先设定的海拔变化值时它就会自主启动，干扰电动配平马达的电子定相功能。"我们从配平马达上拆除检查孔板的时候，发现它接在上面。飞机是昨晚送来的，一定有人半夜潜入机库做了手脚。"

巴德担忧地盯着汤姆："有人透露这次测试由我驾驶的消息吗？还是我们用的'沉默者'被人调包了？"

年轻的发明家摇了摇头："不会的。"

"那就是说，破坏分子本来以为会由你来驾驶飞机，这样他们就能把你和你的发明一起送上西天了。"巴德说。

两个男孩子心情阴郁地驾车回到集团。他们向哈伦·艾姆斯讲了有人搞破坏的事,接着汤姆去往主楼找父亲商议此事。

"别太自责,儿子。新发明不太成功的事你也不是第一次遇到。"斯威夫特先生听完事情经过后说道,"你告诉我,你认为'马克二号'的工作原理还是行得通的,对不对?"

汤姆回身坐到皮沙发上:"当然,我坚信行得通。所以我才觉得这样的测试结果让我难以接受。"

"如果设备工作原理没问题,只要找到细节问题,排除故障就好。"年长的科学家继续道,"这个发明承载了太多的期待,你承受的压力太大了。问题的答案只有一个,继续工作。"

沉默片刻后,汤姆抬起头,略带悲伤地笑了笑:"你说得很对,爸爸。"

星期日到教堂礼拜后,年轻的科学家与国防部的官员们在各自家中进行了电话会议。他们催促汤姆加紧攻克他的"沉默者"项目。

星期一一大早,汤姆接到亚弗·汉森的电话。"有什么新的进展么?"汤姆急切地问道。

"进展不大。"亚弗回答,"我跟金凯德探长还有费多一起找遍了烧光的灌水丛和林地,一点威弗恩的影子都没看到。"

汤姆心里一沉:"听起来像是他在大火中丧命了,亚弗。"

"那就更奇怪了，机长。我们乘直升机贴着地面盘旋着搜过十几遍，根本没有遇难者的残骸。"

"不可能吧！"汤姆沉默片刻后，大声说道，"等等，亚弗！汉克在看到丛林失火之前听到过一些声音。"

"什么声音？"亚弗问道。

"我不清楚，但很可能是飞机引擎的声音。"汤姆说。

"飞机？"

"没错。从山洞抓走威弗恩的人应该并不是什么野人。他们可能预先备好了待用的飞机，然后用无线电联络叫过去的。"

"我懂了！"亚弗说道，"你是说他们自己放的火，然后绕圈飞了一阵子让大火朝着设计好的方向蔓延？"

"正是。"汤姆说，"用一场火终止我们对威弗恩的继续追踪，同时又能抹掉飞机留下的痕迹。"

"我让金凯德探长从这个角度去查。"亚弗答应道，"与此同时，我和埃尔莎会试试其他的思路。"

"比如呢？"

"明天一早我们乘机去A城，听听那儿的专家们怎么看威弗恩的白宝石。"

"好主意。有什么发现就通知我。"

汤姆接下来的一天里只是在实验室踱来踱去，凝视电路图，摸索改良沉"默者二号"的办法。

第十二章 离奇的预言

傍晚时分,菲利斯·牛顿意外来访。这位漂亮的女孩踏着匆忙又兴奋的步子走进实验室。

"菲利斯!"汤姆高兴得有点脸红。"你去旅行什么时候回来的?"

"1小时前。"菲利斯说,"我跑过来是想要给你看这个!"

她取出来一本书,是报刊亭出售的那种平装小说。封皮上画着高楼林立的城市,街道上惊慌失措的人们四处奔逃,或掩着耳朵,或痛苦哀号。

汤姆看了一眼书名:"《声波入侵者》!不会吧,这也太有预见性了!"

"相当有预见性。"菲利斯赞同,"你注意到小说作者是谁了么?"

作者的名字是菲尼亚斯·格尔!

汤姆打了个呼哨:"这书什么时候出版的?"

"按出版日来看,是五年前。"菲利斯回答,"这书是从我们拜访的朋友那拿的。看到这书,我想到作者正是会议上那个古怪矮小的男人,他当时可是吸引了众多关注啊。"

"如果新闻报刊得知他还写过这样一本书,估计他得吸引更多关注。真好奇他当时怎么没提呢。"

"那不是惹火烧身么,他可不傻。"菲利斯说道,"但是你觉得菲尼亚斯·格尔与那些可怕的声波袭击真的有关么？如果有，他不会让人注意到他这本书的。"

汤姆点头："你说的有道理。"

菲利斯走后，汤姆凭借预感行动起来。他致电平装书出版商，要求与主编通话。汤姆询问这部小说是否有再版计划。

"我要隆重宣布肯定会再版！"编辑高兴地答道，"一家出版商计划推出精装版，而且预先进行投资宣传！你能想到公众看到接二连三的头条报道后竞相购买么？这部小说一定炙手可热啊！"

他讲着自己的公司会从中获得利润分红，询问汤姆是否愿意给书作序。

"谢了，我没那个能力。"汤姆态度冰冷地拒绝了。他挂断电话，接着又打电话给艾姆斯，让他好好调查下高尔。

年轻的发明家很晚才回到家。吃了重新温过的晚饭，他坐在安乐椅里，开始读这本《声波入侵者》。读完已过了十一点钟，家里其他人都睡下了。

"写得很不错啊！"汤姆想着。

小说讲述了一个A国城市遭受强大的声波袭击的故事。除了这里面的袭击是外星人发动的，其他的情节与现实生活中发生的事惊人的相似。小说甚至提到了A国总统收到的最后通牒！

汤姆眉头紧锁。现实生活中声波袭击的恐吓难道是高尔为

了推出畅销书，而设计的疯狂又白痴的宣传噱头吗？

"那他可真是疯了。不过，不管怎么说，这本书绝对能让他好好捞上一笔。"汤姆想着，"高尔很可能掌握足够的技术，能够制造声波发射器。"

突然，传来玻璃的破碎声，房间瞬时一片漆黑。汤姆一跃而起。接着震耳欲聋的爆炸声在他的耳边炸响。

年轻的发明家大叫一声，倒在地上！

第十三章　寻找石英晶

家里其他人在楼上，听到响动都惊醒过来。斯威夫特先生冲出房间查看究竟。斯威夫特夫人和桑迪身披睡袍，紧随其后。

客厅一片漆黑。斯威夫特按下墙壁上的开关，灯亮的那一刻他大吃一惊。只见汤姆横倒在地上。

斯威夫特夫人失声惊呼，他们跑到汤姆身旁。他的皮肤苍白、湿冷。

"一定是受了惊吓。"他的父亲说道，"桑迪，帮我拿毯子来，给他裹上。"

虽然汤姆的呼吸很浅很急，但是脉搏跳动还是很有力的。斯威夫特夫人擦着儿子的手腕，放嗅盐到他鼻子下面。一会儿工夫，年轻的发明家苏醒过来，被搀扶到沙发上。

"我们最好叫医生过来。"斯威夫特先生说。他拨了辛普森的电话。

医生很快赶了过来。他检查发现并无大碍。

第十三章 寻找石英晶

"说说发生什么事了？"医生问道。

"有东西打破了那边的窗户玻璃和我的台灯灯泡。"汤姆回答，"接着我听到可怕的爆炸声，听着就在我耳边炸响的。"

"那应该就是震荡波引起的。"

"没错，和科莫博士讲过的情形一样，还有R城那两个震荡波受害者。"汤姆皱了皱眉，"但是玻璃破碎就无从解释了。"

这时候，斯威夫特先生和桑迪到外面查看。斯威夫特家四周安有磁场警报装置，任何人只要一踏进这片区域就会立即向家中的人发出警戒信号。斯威夫特家里人以及几个亲近的朋友每人都戴着内置抵消器的特制腕表。

桑迪和父亲出动了"侦探犬凯撒"和"罗马政治家"，但是并没有发现有来犯者的痕迹。周边邻里的房屋都静默在漆黑的夜色当中。

"很显然这片区域中别人都没受到噪声干扰。"斯威夫特先生说。

汤姆听到这话，若有所思地讲道："那就是说我耳边的爆炸声是由高度定向技术控制对准我发射的，而防止震荡波四散，有点像我的百万巨视太空探测器应用的防倒转波原理。"

"你认为是这种东西打碎了窗子？"斯威夫特先生问道。

"不是的，爸爸，玻璃先碎的，然后声波才穿过来的。

玻璃应该是受到了超声共振，可能是应用了先进的声子发射器。我猜所有这些操作是载着设备开车从外面路过时完成的。"

"身份不明的声波是敌人制造的另一起袭击！"年长的科学家面色阴沉。

第二天早上汤姆对艾姆斯讲了这次遇袭。"这就叫登堂入室了！"安保主任说道，"对了，我也有个消息要说。昨晚我跟菲尼亚斯·格尔的图书代理人一起用的晚餐。"

"有什么收获？"

"收获不大。"艾姆斯回答，"据她讲，格尔是个古怪又孤僻的人，总喜欢给自己加上一层神秘的光环。不过她倒是和我提起一则轶事。一年前，他消失了整整五个月。"

"消失了？"汤姆重复道。

"没错。就连他的代理人都联系不到他。接着他又突然出现了，也不做任何解释。"

"哈伦，这个消息可能非常关键！"汤姆大声说道，"这可能和调查局跟你讲过的那一系列消失案件有关联。"

艾姆斯点头："我也想到了。"

"他可能被绑架后经人洗脑，接着与声波罪犯同流合污。"

"这推测可能站不住脚。"艾姆斯反对道，"一个科幻小说家对他们的阴谋能有什么利用价值？"

第十三章 寻找石英晶

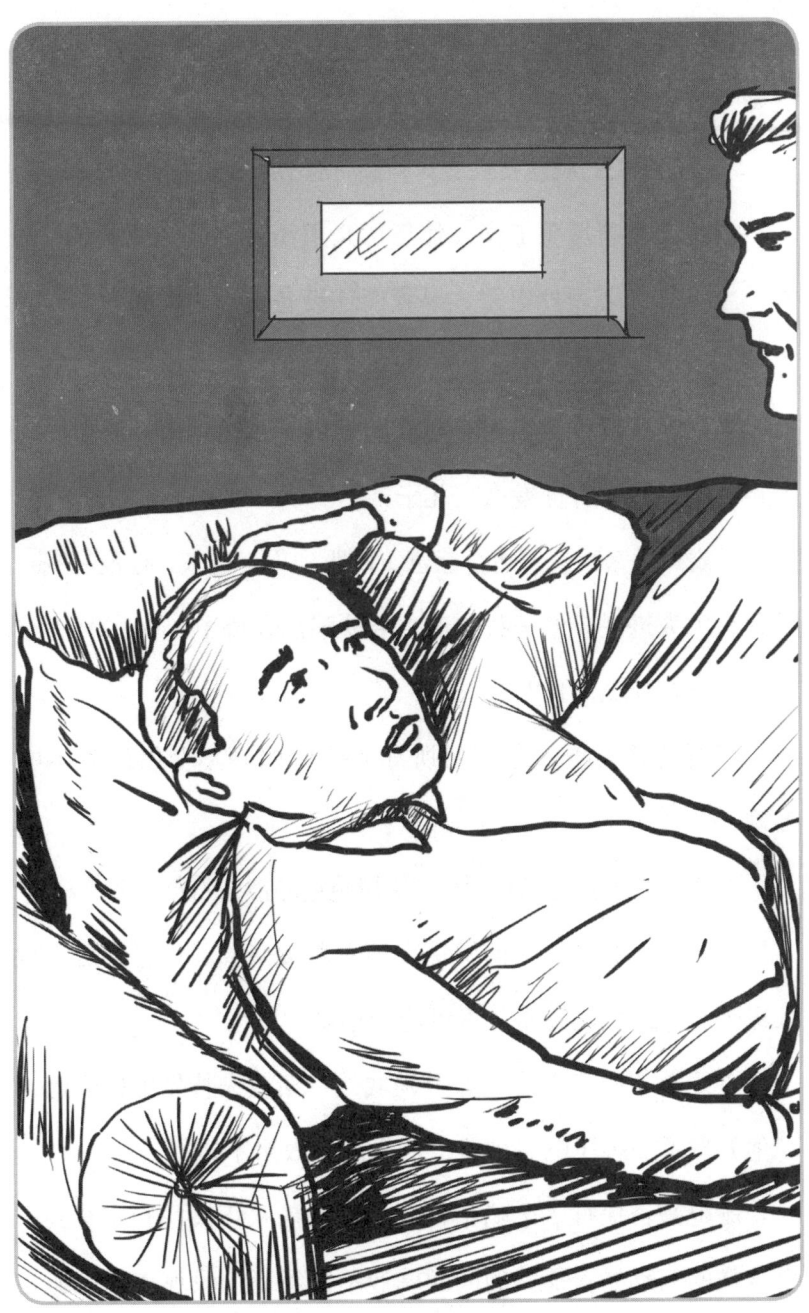

汤姆耸了耸肩:"你说的也有道理。不过我们还是别忽略任何角度吧。"

"不用担心。我这就去通知调查局的韦斯·诺里斯这件事。"

汤姆又重新埋头工作。他花了几个小时测试"沉默者"的每一个零件、每一处电路,寻找能让设备更加强大高效的设计方案。

当天晚些时候,汤姆正在实验室的一扇窗前向外凝望,一个声音响起:"有进展么,儿子?"

汤姆回头来看:"嗨,爸爸!没听到你走进来。还没有呢,没什么太大进展。但是我知道主要缺陷出在哪了。"

"出在什么部位?"

"石英转换器。它们对所导入声音的频率变化反应不够准确。"

斯威夫特先生沉思片刻:"使用超近晶液态石英晶怎么样?"

"液态石英晶。"汤姆惊奇地看着父亲,"爸爸,这主意太棒了!不过压电转角技术可能会很难。"

"约翰·威弗恩擅长那个领域。"斯威夫特先生提醒道,"他开发了一种压电启动器,对于液晶效果不错。"

汤姆兴奋地打了个响指:"如果我能从声波实验室得到一个这样的启动器,那我的问题就迎刃而解了!我现在就去那儿

找科莫博士。"

汤姆很快就乘坐他的三栖原子车启程了。瘦长的原子动力车不但可以在空中和水上航行,而且可以在高速路上驰骋。

20分钟后,他就在声波研究所的停车场泊车。汤姆到接待处要求与科莫博士通话。

值班的女孩立刻认出了大名鼎鼎的年轻科学家。她讲了一阵电话后,笑着说:"科莫博士现在不在办公室,不过他的秘书说你可以进去等候。我让一名安保送你过去。"

身着制服的安保带着汤姆穿过长长的廊道。他们路过一扇虚掩的门,上面有约翰·威弗恩博士的名签。汤姆瞥见房内有个人影,惊讶地停下脚步。

"等一下!威弗恩博士回来了吗?"

"威弗恩博士?"安保诧异地看着汤姆,"没回来,先生。怎么了?"

"我看到他的实验室里有人。"年轻的发明家回答。

汤姆把门开大一些走进房间,只见一人在文件柜前翻来找去。那人回转身来。

"哦,是科莫博士。"汤姆说,"我看见这里有人,没想到是你,我还以为是约翰·威弗恩回来了。"

"威弗恩?没有,他当然没回来。"科学家的脸上掠过一丝反感,"你是专门来找我的?"

汤姆·斯威夫特和音爆捕捉器

汤姆解释了他此次紧急来访的原因。

"抱歉，你和我现在面临着同样的尴尬。"科莫说，"我自己的实验也需要用到威弗恩的启动器，但是找不到制造方法的丝毫线索。我刚才正在找这个呢。"

汤姆脸上露出特别失望的神情："你从他所有实验设备中就找不出一件来么？"

科莫摇了摇头："找不到。说也奇怪，我们去R城时，威弗恩似乎拆掉了，要么就是毁掉了他实验中应用的所有启动器。"

年轻发明家忧郁的目光在实验室中逡巡。在一个架子上，他注意到一个小巧漂亮的雕刻木盒，埃尔莎的名字以浮雕的方式刻在盒盖上。

"那是给她女儿的吧？"汤姆低声说，"我也许应该把这个带给她。"

科莫走过去，取下木盒，打开盒盖。虽然里面空无一物，不过却有一支曲子奏响起来，明显借用了音乐盒技巧。

"很可能是威弗恩给她刻的脂粉盒或珠宝盒。"科莫说，"尽管带走吧。"

汤姆往大楼外面走时遇到了维克多·弗朗兹，一位声波电子工程师，之前的会议上汤姆与他交谈过。他们边走边聊，接着汤姆出去后直奔停车场。

仪表盘收音机绿色的灯光亮起，汤姆按下开关接听。

第十三章　寻找石英晶

"从哈伦·艾姆斯发来的信息，他和调查局的特工韦斯·诺里斯已经前去质询菲尼亚斯·格尔。"接线员说完，讲了X城的一处小酒店的名字，"艾姆斯先生问您是否有意参加。"

汤姆看了一眼腕表："好的！告诉他我五点半赶到。"

原子车纵横天际，一路向东直赴曼哈顿岛。汤姆顺利找好街道，动作利落地靠路边驻车。

前台人员被吩咐好接待汤姆。他说了高尔的房间号后，汤姆走了上去。菲尼亚斯·格尔本人开门迎接。

"请进，请进。"作家吊着假嗓佯装高兴地说道。

这位瘦小的男人今天的表现与汤姆上次见他时简直判若两人。完全没有了之前的目中无人和尖酸刻薄，他现在看起来面色苍白，战战兢兢。

汤姆和艾姆斯以及斯威夫特家的老朋友韦斯·诺里斯打了招呼。两位调查员仍站在地上，而高尔缩成一团坐到椅子上。

两人接着盘问，高尔坚持称他对声波战的阴谋一无所知。

"在R城的时候，你听起来可是知道不少事情啊。"汤姆不动声色地说道。

高尔的喉结在骨瘦如柴的脖子上紧张地上下起伏。"我当时只是哗众取宠。"他支吾着，"我是想博取有价值的关注度。"

"设计这个大阴谋为了宣传你的再版书也是值得了，对吧？"诺里斯拿出一本《声波入侵者》。

高尔的脸色由木然变成了死灰。"我也知道，这个看起来似乎是很滑稽的巧合。"他咕哝道，"但是事实就这么简单，兴许是这些袭击的幕后黑手恰好读过我的书。我想借助上新闻头条赚上一笔，你们不会因为这个就治我的罪吧？"

"一年前你消失了一段时间。"艾姆斯说道，"为什么？你去哪儿了？"

高尔掏出手帕抹了把浸汗的额头："我……我工作压力大，精神崩溃，不得不去了一家疗养院。这件事，哎，挺难为情的，我一直缄口未提。"

"我们很快会查证的！"诺里斯回道。他问了疗养院的地点和名称，然后拿起电话嘱咐接线员联系疗养院。几分钟后，诺里斯放下电话，面带困惑。

"怎么说的？"艾姆斯问道。

"当地接线员说这个地方一个月前倒闭了。现在那里只有一个看门的人。"诺里斯向菲尼亚斯·格尔投去犀利的眼神，"如果你扯谎的话，别以为能够全身而退。我们会追寻线索，查明真相。"

"还等什么？"汤姆说道，"现在就可以坐我的原子车过去。如果里面家具用品都没搬走的话，我们可以查下办公文档，看看有没有高尔先生的疗养记录。"

"好啊！"艾姆斯说道，"不过我们还是找个餐馆先吃口

饭吧。"

汤姆驾着原子车风驰电掣地来到疗养院时,薄暮初降,这里处在一个树木繁茂的半山腰。建筑由高耸的铁栅栏四面包围着。汤姆驻车,和两个同伴一起迈步走向一间小的红砖门卫室,那里面亮着灯。

门铃无人应答。诺里斯试着推了下门,发现门并没锁,他走进去。刚进去就突然停下,瞠目结舌。

一个老头不省人事地瘫坐在椅子上!

第十四章　黑色宝石

"他肯定就是门卫！"艾姆斯喊道。

这人的太阳穴上有铅色的瘀青。

"幸好，还活着。"调查局特工检查了这人的脉搏，说道，"他受了重击。"

汤姆急忙到门卫室的厨房沾湿了毛巾，敷在受害者的额头上。几分钟后，这人苏醒过来。

"你……你们是什么人？"他抬头见三人俯身看着他，结巴地问道。

"别紧张。"诺里斯说完，展开钱夹出示证件，"我是调查局的，到这来查下疗养院的记录。你可以讲讲你是做什么的，怎么被击晕的。"

"我叫山姆·贝恩斯，这儿的门卫。"他的眼中突然充满恐惧，"等会儿！我想起来了，是个蒙面人！我听到有人敲门，开门时他拿枪抵着我，又用枪砸向我的脑袋，接着我就跌坐到这椅子上了。"

第十四章 黑色宝石

"你的钥匙呢?"艾姆斯插言。

贝恩斯搜遍了口袋:"不见了!"

"看来有人先到一步,而且那人可能还在疗养院里!"诺里斯说。

联邦调查员拔出手枪,大步走出门卫室。汤姆、艾姆斯和门卫紧随其后。

在疗养院的宿舍楼旁边,有两栋小楼。贝恩斯说一栋是供暖车间,另一栋是行政办公楼。

诺里斯径直朝办公楼走去,楼门未锁。进入里面,他按下电灯开关。里面的一片狼藉表明这地方已经被洗劫过了。一个贴着"病历"标签的大文件柜,其中几个抽屉被拉开,各种文件夹散落一地。

汤姆上前查看文件,同时艾姆斯和诺里斯去搜查其他房间。当他们返回时,汤姆闷闷不乐地告诉他们:"不知这里是不是存放过高尔的疗养记录,反正现在是没了。"

"真不走运。"诺里斯说道,"看来窃贼已经逃跑了,跑就跑吧。"通过原子车上的收音机向警方汇报情况后,汤姆和他的朋友们启程飞回到肖普顿。

斯威夫特先生第二天来到了集团。他到汤姆的实验室,见年轻的发明家正在努力工作。汤姆正在机床上调试一个样子古怪的小型汽缸。

"昨晚睡觉了么,儿子?"

汤姆可怜地笑笑，用手擦了擦眼睛。"睡了两三个小时。"他讲了前一晚的事，然后补充说，"科莫没找到威弗恩的启动器，所以我尝试自己制造一件。"

"成功了吗？"

"还没呢，爸爸。这个任务不简单呐。"

汤姆解释说，只有改变容器尺寸才能调整液晶的频率。这就需要带有活塞的精加工汽缸。

"可问题是，形状不规则的汽缸壁非常容易因为振动疲劳而破裂。"

"我明白你的意思。"斯威夫特先生说。但是他没有给出任何结论。

上午晚些时候，艾姆斯打来电话汇报说新泽西警方和调查局都没有查到蒙面人的任何线索。

艾姆斯说道："不巧的是，格尔这次有很好的不在场证明。不管怎么说，他也不可能那么快赶到疗养院。"

"他可能给同伙打了电话。"

"这倒也是，不过怎么证明？"艾姆斯语气阴郁地说，"还有一件事，开疗养院的医生死了，这也是关门的原因。追踪他的员工可能要花上几天时间。"

"音爆攻击的截止期限只剩三天了，星期六截止。"汤姆下巴上的肌肉一紧，"继续跟进，哈伦。"

汤姆一整天疯狂地工作，直到月上阑干。乔推进实验室的

第十四章 黑色宝石

晚餐他几乎一口未动。

突然,电话响起,是亚弗·汉森打来的。他的声音听起来很兴奋:"我们终于有线索了,头儿。"

"说来听听。"汤姆说道。

亚弗汇报说,他把威弗恩的蛋白石拿给A城的好几位宝石专家看过。一位专家说他认出来了,这和一包存放在银行由宝石买家竞拍的天然黑宝石是同一质地。

"所以今天一早银行开门我就去了。"亚弗继续说,"经理告诉我,这包问题宝石是由一位'琼森先生'带来的。他查过这不是真名。开采宝石的人经常以这种方式掩饰他们的新发掘,想借此守住宝矿地点的秘密。"

"琼森还会再来银行么?"

"不会了,宝石已经卖掉,钱也取走了。但是银行经理描述了这人的外貌。琼森瘦高,皮肤黝黑,似乎经常活动在E国内陆,他头发细黑,左太阳穴有明显的凹坑。"

汤姆脉搏跳动加速:"太棒了,亚弗!E国北部人口稀少,警方根据这些信息应该能够很快找到他。只要找到这人,我敢说,我们就能找到威弗恩!"

亚弗说他和埃尔莎打算飞回爱丽斯泉找金凯德探长帮忙追踪琼森。

汤姆立即打定主意。"到爱丽斯泉后就待在那儿,亚弗。"他命令道,"我今天晚上去见你们。"

挂断电话，汤姆又急匆匆地打了几个电话。一个是打给父亲，汤姆告诉他这条消息并问道："爸爸，你愿意帮我么？"

"当然愿意，儿子。要我帮什么？"

"那些液晶需要用到的机电启动器。"汤姆回答，"目前主要就是测试然后不断淘汰直到找出正确的设计。但是现在截止时间马上就到了！"

"确实是啊。"斯威夫特先生难过地说。

"如果我们找到威弗恩，他马上就能给出问题答案。爸爸，如果你能来实验室继续我的实验，我就飞过去寻找威弗恩！"

斯威夫特先生立即表示同意。15分钟后他，到达了实验室。汤姆展示了目前已经试过的各种模型，还有其他一些设计的电脑测试结果。

接着，年轻的科学家去实验室旁边的房间抓紧补了一觉。1小时后，巴德和乔过来叫醒他，"蓝天女王"已经准备好起飞。辛普森也主动前来加入这次寻人之旅。

庞大的航天飞机很快从跑道冲天而起，稳稳地回收推举器。汤姆又打了个盹，飞机飞越大陆横穿太平洋。汉克·斯特林和巴德操控飞行。

4小时后，他们在爱丽斯泉机场着陆。这里已经是星期四下午了。汤姆想到事情紧急，不免心中痛苦。

他给酒店打了电话，获悉亚弗和埃尔莎刚刚到这里。汤姆

安排和他们在警局见面。接着他和巴德乘出租车进入市区。

亚弗和埃尔莎在金凯德探长的办公室热情地迎接他们。探长上前和男孩子们热情地握手。

"欢迎回来,朋友!我就知道你不会离开爱丽斯这个地方太久的。"

汤姆笑着回答:"希望这次我们能带着约翰·威弗恩一起回去。你和探长讲了你的新线索了么,亚弗?"

"我刚才正要讲呢,机长。"亚弗把琼森先生的描述重复了一遍。

"嗯。"金凯德探长身子往后坐了坐,若有所思地皱起眉头,"北领地各处我都去过,在E国我也见过不少人,但是还真想不起来有这样的人物。这人脸上带着明显的凹痕,应该很容易认的。"

埃尔莎脸色阴沉起来。"千万别告诉我这次希望又落空了!"她祈求道。

"那不会的,女孩儿。如果这人在E国,我们一定会逮到他,别担心,只不过要花费些时间。我把他的描述信息发给所有的警署,而且无邮递员服务可能也会认识他。"

"无邮递员服务是什么人?"巴德问道。

"无邮递员是E国的另一种叫法。"金凯德解释说,"无邮递员服务是北领地各农场间的航空邮递服务,其中的一个飞行员可能……"

汤姆的笔式无线电发出的嗡嗡声打断了探长的话。汤姆取出无线电打开麦克风开关,"我是汤姆,请讲。"

"我是乔,头儿。"厨师的声音响起,"你不是在找一个皮肤黝黑,黑头发,左太阳穴有坑的人嘛?"

"是的,还在找!"汤姆回答,"怎么了?"

"我刚才还在机场这儿和他谈话呢。"

第十五章 警报信号

汤姆一听乔说遇到可能是琼森的人,眉毛都竖了起来。

"他要离开了,我就不再多说了。"厨师继续道,"我跟踪他进市区,看他往哪儿走。你在警察局等我,头儿。"

挂断无线电,汤姆向大家讲了这个惊人的消息。大家都焦急地等待着。

巴德的目光恰好落在汤姆从"蓝天女王"一路带过来的一个小包裹上。

"还有什么事忘说了吧,伙计?"

汤姆顺着巴德的目光看去。"哦,可不是么。"他说道,拿起小包裹。

"埃尔莎,我那天去了一趟声波研究所,在你父亲实验室看到了这个。"

埃尔莎打开包装,里面是一只音乐盒。

"汤姆,谢谢你给我带来这个!拿到这个我太高兴了!"她声音激动地说道,"一定是爸爸亲自动手做的。"

"他的手艺真棒。"巴德说道。

"没错,木刻和镶嵌都是他的爱好。"埃尔莎说,"他在R城时提到过,实验室里有样东西要送给我。"

她打开盒盖。汤姆之前听过的那首叮叮咚咚的曲子再次奏响——一支德语老歌。

"《罗蕾莱》。"泪珠在埃尔莎眼中闪烁,她急忙关上盒盖,"爸爸知道这是我最喜欢的曲子。"她声音颤抖。

二十分钟后一个身材矮胖、头戴宽边牛仔帽的人物摇摇晃晃地走进办公室。

"有什么发现,乔?"汤姆问道。

"琼森进了一个叫作'牛贩子休养地'的地方。"乔说道。

"天啊,那是我一直在住的酒店啊!"埃尔莎说道。

金凯德探长立即给酒店拨打电话,向前台员工描述琼森的样貌:"几分钟前有没有这样的人到你这儿来,查理?"

探长听着电话,然后说:"你认识这人?嗯,谢谢。"

挂断电话,金凯德说:"他正在酒店餐厅吃东西。员工说以前也见过他,但是不知道他的名字。"

汤姆转身对胖厨师说:"和我们说说你怎么发现他的,乔。"

"我当时站在机场上,看汉克检查我们的飞机,然后他的飞机就着陆了。这个家伙爬出来盯着'女王'看了一阵子,接着过来和我搭话,想知道我们从哪来的,还有飞机的主人

是谁。"

"那你打听他的情况了吗?"汤姆问道。

"我试了,但是他的嘴严着呢,他搪塞说要去市区办事。接着我就给你打电话了。"

"他开的是什么样的飞机?"金凯德探长插言。

乔摘下宽边牛仔帽,挠挠头:"我也说不准,长官,不过是单引擎的,红白拼色的。"

金凯德再次拨打电话,这次是打给爱丽斯泉机场。他打到了指挥塔,然后又转接到地勤。

"那架飞机来自比尔丹纳农场。"他对大家讲,"那个飞行员,就是和你谈话的那个人,乔,名叫云生。"

"名字和'琼森'还挺像的。"亚弗说道。

"比尔丹纳农场是什么地方?"汤姆问道,"牧牛场?"

金凯德点头:"一个大农场,归德尔伯特两兄弟所有。他们是新E国人,三四年前搬过来的。"

"他们的农场在哪儿?"

金凯德探长起身离开桌边,指着墙上地图北领地的一个点,说:"就在这儿,靠近巴克利台地,默奇森以北。"

亚弗惊讶地说:"那正是专家告诉我们可能发掘宝石的地点!它们可以在早白垩世岩石的岩床中发现,或者在北领地的东南角,或者在巴克利台地的北面能够找到。"

"看来这些都能吻合，探长。"汤姆指出，"包括飞机，可能正是这架飞机从失火的丛林区接走了威弗恩博士和其他人！"

"说得太对了，我应该把云生带来好好问问他。"

"别，先别急。"汤姆从椅子上起身，在办公室紧张地踱着步子，"我们先别打草惊蛇。如果他的主使者有所觉察，如果人在他们手上的话，可能会转移埃尔莎的父亲。"

"你有什么建议，朋友？"

"我们先飞过去探查下他们的农场。同时，埃尔莎，你可以回酒店盯住云生。如果他跟这事有牵连，他一定知道你是约翰·威弗恩的女儿，他可能会暴露这一点，从他的行为中可观察到。让他看到你，但是千万别冒险。记着，他可能是个以危险人物。"

埃尔莎毫不迟疑地同意汤姆的计划。"不必担心我，再说还有费多保护我呢。"她笑着说，"亚弗把它又改造成警卫犬了。"

"那就好。"汤姆说，"我就指望它了。"

两个男孩、亚弗和乔乘坐金凯德探长驾驶的警车回到机场。

"蓝天女王"起飞后一路向北，飞越植被稀疏、红土覆盖的E国。

金凯德为架机的汉克指路，直到抵达比尔丹纳农场。从

空中看,这和北领地的农场很像,都拥有几组房屋、马场和蓄水池。

飞行试验室在太阳炙烤的灼热土地上着陆。这时已近晚餐时分,在农场宿舍附近游荡的几个工人走过来,盯着飞机看。他们当中一些是白人、一些是土著,还有一些是混血。

还没等汤姆和同伴们跟他们说上一句话,一个红脸黑胡子的大汉从农场主楼中迈着大步走上前来。

"晚上好,先生们。我们这里平时很少有人来。你们来一定有特殊原因吧。"他带着模糊的外国口音说道。

"说得对,先生。我是来自北领地的金凯德探长。"探长接着介绍了汤姆和同行的其他人。

农场主称自己是瑟奇·德尔伯特。

"我们在找一个朋友。"汤姆说道,"一个叫约翰·威弗恩的A国人,他在E国内陆失踪了。"

"哦。一定是我听人讲起过的那个失踪白人。"德尔伯特抓了下胡子,"他做的那个求救标志从飞机上都能看到,是不是?不过我听说那里离这儿挺远呢,在默奇森附近吧。"

"之前是的,不过我们得到一些线索,发现他可能来到了这个方向。"金凯德说,"我们想着你或你哥哥,又或者农场工人也许见到过他。"

德尔伯特耸了耸肩:"我本人可以说根本就没见过他。我

汤姆·斯威夫特和音爆捕捉器

哥哥奥托在达尔文市出差,不过也许你们可以问问工人们。"

"谢谢,我们确实要问下。"金凯德马上说道。

德尔伯特把他的工人叫了过来。汤姆和探长问了他们一些问题。但是他们对于多数问题只是摇头或点头,没人愿意提供任何信息。

德尔伯特也毫无E国人传统的热情好客,根本没有邀请来访者进屋坐坐。

"蓝天女王"起飞后,巴德说:"这人真不爱交际,还搞得很神秘。"

"说的是啊。"金凯德冷冷地说道,"我感觉德尔伯特看到我们离开,他心里非常高兴。"

汤姆让汉克向南航行之前再慢慢绕农场飞上一圈。年轻的发明家用"女王"上固定的航空相机抓拍了几组照片。

"这是在做什么?"辛普森医生问道。

"既然我们不方便留下来监视这个地方。"汤姆回答,"我就拍些照片,看一看农场附近有没有开采宝石的痕迹。"

当他们返回爱丽斯泉已是黄昏时分,周围群山被落日染成若隐若现的胭脂红。之前的照片这时冲洗好打印出来。实验舱中,金凯德探长、巴德和其他人围在汤姆身边,仔细查看结果。

突然众人被一声尖利的脉冲声吓了一跳，亚弗·汉森从衣兜中掏出一台小巧的电子设备。

"是费多发的警报信号！"他高喊，"埃尔莎遇到麻烦了！"

微信扫码
☑ 科普视频
☑ 趣味动画
☑ 脑力测试
☑ 交流园地

第十六章　黑夜调查

埃尔莎遇险的消息给汤姆和同伴们带来冰冷可怕的不祥之感。

"你知道她在哪儿么？"金凯德探长紧张地问道。

"亚弗手里的装置可以追踪信号。"汤姆答道，"赶紧出发！"

他和朋友们冲出"蓝天女王"，涌入警车。金凯德全速驶离机场。众人很快就听到了尖利的警报声。

"那也是费多发的么？"巴德问道。

"没错，我有预感那只狗现在占了上风！"汤姆回答。

似乎爱丽斯泉所有人都被警报搅动了，人们纷纷涌上街头。

警车沿着盖普大路疾驰，路两旁耸立着高高的桉树，警报声越来越大。他们穿过石头门进入崔格公园。前方漆黑一片，而一处却闪烁着耀眼的白光，但是发光源被人群遮挡住了。

金凯德驶到现场，伴随刺耳的声音，一个急刹车停了下来。围观人群让出了一个开口，奇异的场景这时在眼前呈现出来。

埃尔莎和费多旁边，一个男子半坐半卧在地上。电子警卫犬下巴上弹出的强有力的弹簧似的卷须缠绕在男子一条腿上，他双手抓着卷须，似乎没办法撒开手。

他抬起头，憎恶地看着汤姆一行人从警车中出来。在费多项圈发出的闪光下，这人左太阳穴的凹印分外明显。

"云生，又名琼森！"亚弗高声说道。

"把这个坏蛋抓起来！"人群中有人喊道，"他刚要欺负那个女生，那只机器狗就把他困住了！"

讲话的人不得不大喊才能让别人听到他。汤姆急忙点下费多身上的开关，关掉警报。埃尔莎仍然面色发白，浑身颤抖，讲述了刚才的经过。

"他想让我跟他走，说去见我爸爸。"她指着附近树影下停着的一辆车，"当我拒绝，他就变得蛮横，还威胁我。周围很黑，我想他没看到费多跟在我后面。不过我还是按你说的做了，汤姆，按下了戒指上的宝石。接着的一切突然就发生了。"

费多项圈的灯光瞬间闪烁起来，埃尔莎叙述着，接着警报声响起。机器狗上前攻击，一条管线从它下巴上弹出来缠住了云生的腿。他想扯开这些东西时，管线渗出来胶状泡沫，结结实实地把他的手粘住了。

第十六章 黑夜调查

"她在说谎！"云生咆哮道，"我从来没跟她讲过话！无缘无故地，她就让那该死的机器狗袭击我！"

"别白费力气了。"汤姆驳斥说，"可以告诉你，费多的眼睛其实是摄像镜头，发生的一切都记录在录像带上了。"

巴德看到云生变得郁闷的表情忍不住大笑起来。

乔也狂笑不止："我的老天爷，费多比拿枪的警卫还厉害啊！我收回之前说它的坏话，头儿。我真想喂它块丁骨牛排！"

"以前我们只知道它是出色的侦探犬。"巴德接着说，拍了拍机器狗的脑袋，"现在这件事证明，它还是护卫犬行业的精英啊！"

汤姆解释说，费多由红外传感器和图片扫描系统指引它成功进击，当埃尔莎按下戒指上的宝石就会启动这一功能。

金凯德探长向后推推帽子，挠了挠头："我们怎么把这家伙松绑呢，汤姆，或者就随他这个样子，这么直接带走？"

"带云生去机场。"汤姆说，"飞行实验室上有化学药品可以溶解他手上的黏合剂。"

这个亡命徒连带机器狗捕快一起被装到了警车后座上。乔主动要求在回机场的路上与探长同车。汤姆、埃尔莎和其他人开着云生的车跟在后面，后来得知这车是他在城区租的。

路上，汤姆问埃尔莎与云生交锋的来龙去脉。她解释说，她坐在酒店大厅里读着杂志，想看看嫌犯有什么举动。

"他从餐厅出来时,我确定他肯定注意到我了。"她继续讲,"但是他既没有上来搭讪也没有坐到我旁边,而是径直走出了酒店。我决定最好不要跟着他出去。"

"聪明。"汤姆表态。

"后来,大约黄昏的时候,我接到一个电话。"埃尔莎说道。

"谁打的?"巴德问道。

"这人不肯告诉我名字,他听起来战战兢兢的,好像不联系到我他就性命不保了一样。那听着真是太真实、太可信了!他求我别跟任何人讲,说如果我在公园附近和他见面,他就可以提供有关我爸爸的重要信息给我。"

埃尔莎说她按照指示乘出租车到公园大门,然后朝着远离市区的方向走。

"我知道有危险。"埃尔莎坦白,"但是只要能找到爸爸,我愿意冒这个险,再说了,还有费多会保护我。"

登上飞行实验室,汤姆使用化学溶剂把云生的手从电子狗身上解放出来。又按下费多身上的开关松开了缠系在他腿上的管线。接着,汤姆用造影仪播放录像带,闪动的画面清晰地再现了这场有企图的绑架,印证了埃尔莎的叙述。

"到这时候了,朋友。"金凯德探长建议云生,"你最好老实交代。"

云生黝黑的脸膛已变得病恹恹的,没了血色。他像一只走

投无路的老鼠,眼珠转动,忽左忽右。但是他似乎更害怕供出犯罪同伙,哪怕让他坐牢。

"我没什么可交代的。"他嘟囔着。

探长叫来两名警察,把戴着手铐的囚犯带走了。汤姆接着去研究航空拍摄的照片。

"真是怪事,我竟然找不出任何开采宝石的迹象。"他告知金凯德。

"可能威弗恩的宝石不是从农场捡的。"巴德插言道。

"也许你说的对,但是有一点是确定的,既然云生卖掉了一包宝石,他的同伙一定是在某地挖到的。"

"可能这帮兔崽子把威弗恩藏在别的什么地方了。"乔发表观点。

"有这个可能。"汤姆表示同意,"但是E国内陆植被稀疏,我们在那里有任何行动都会引起注意,风险很大,而他们却有农场作掩护。"

年轻的发明家在实验舱里踱来踱去。突然他停下脚步,打了个响指:"等一下!红外摄影可以给我们答案!"

"怎么做呢?"金凯德探长问道。

"如果比尔丹纳有任何地下矿井或隧道,造成的地面温度的不同会在红外影像上完美呈现出来!"

几分钟后,农场高空,"蓝天女王"于黑暗中安静又缓慢地绕行着,机载相机拍下照片。接着又飞回爱丽斯泉。

汤姆研究这些结果时喜出望外。红外影像显示农场附近的地面下,布置着蜂巢一样复杂的隧道系统!

"那不只是矿井!"他高声说,"比尔丹纳农场除了养牛和挖掘宝石,还干着更多勾当!"

"天才少年,你刚刚解开了一个谜团啊!"巴德称赞说。

行动计划很快形成。不久后,金凯德探长的大拳头就咚咚地砸在了农场的房门上。瑟奇·德尔伯特开门,看见探长和汤姆立在眼前。

"这个时间来串门,有点晚吧,探长?"农场主说道,很明显他在拖延时间。

金凯德取出一张纸:"这是搜查令,授权我们对农场地下进行搜查,你涉嫌囚禁约翰·威弗恩。"

德尔伯特的表情瞬间凝固在那里。他站到门的一侧,让两人走进里面。

"你可以省点时间,直接告诉我们地下室入口在哪儿吧。"汤姆对他讲。

"很遗憾被你们发现了。"农场主语气温和地说,"现在你们俩谁也别想离开这儿!"

德尔伯特说话时,扬起一只手,露出奇形怪状的武器!

第十七章　脑筋急转弯

"我手里这台设备可以发射小型瞬间麻醉针。"德尔伯特对汤姆和金凯德说，"想让我证明给你们看么？还是你俩明智点举手投降？"

汤姆和探长沮丧地互相看了看，但是遵从了。德尔伯特忍不住狞笑起来。

"你们还真以为我没有察觉，亲爱的斯威夫特？从你们离开之后，我就一直在恭候你们回来。"

"所以你命令云生绑架了埃尔莎·威弗恩？"汤姆问道。

"没错，你们刚离开这儿他就和我用无线电联系过。"德尔伯特说，"如果你们抓了他，那也没关系。他绝不会透露任何信息，我确定。"

"你怎么这么有把握？"金凯德说道。

德尔伯特的红脸露出邪恶的笑容："我哥哥和我自有办法，科学的办法，保证我们的雇员永远不会背叛。另外，你们的飞机刚准备降落时，我就收到手下人的提醒了。"

"飞机上还有六个人呢。"汤姆说,"你要把他们怎么办?"

德尔伯特笑得更狂放了:"你俩出去一个人劝他们进来,劝说的理由必须要真实可信。如果飞机试图起飞,我那些潜伏在农场宿舍的手下就会用火箭炮炸掉它。"

"看来你把一切都计划妥了。"

"尽量吧。"德尔伯特坏笑着抓了下胡子,"最后人们会发现你们的飞机失事自燃,返回爱丽斯泉途中发生不幸的意外事故。"

"这么说我们的预想是对的。"汤姆说,"威弗恩的确被关在你这儿。"

"完全正确,我的朋友。他就关在下面最有意思的实验室,一会儿你们就能见到的囚牢。不过我们站这儿纯属浪费时间,现在我得叫些帮手来。"

德尔伯特伸手去按响铃的按钮。他突然停下,听到门外一阵躁动。

"外面怎么了?"他咆哮道。

"看看不就知道了。"汤姆说道,接着吹了个短促又尖利的口哨。

霎时间,"蓝天女王"的巨型探照灯发射的强光从农屋窗子汹涌而入!房门被爆破时,德尔伯特还在那儿愣愣地看着。走进来的是几位警察和E国皇家空军!他们上来两人逮捕惊呆了的农场主。

"我们着陆前,就有三架飞机的空军和警察包围了这里。"金凯德告诉他说,"汤姆出的主意,在肃清你手下的这段时间,我们来拖住你,这样你就没有任何机会利用威弗恩作人质。"

"很不巧,你哥哥刚在达尔文市被捕了。"汤姆补充说。

"宿舍的工人已经全部被制服了,长官。"一名警察向金凯德探长汇报,"他们有非常大的军械库,但是看到胜算不大很快就都投降了。"

德尔伯特无所谓地耸耸肩。"我也不是傻子。"他说,"我看从现在开始还是乖乖地帮你们才对我更有利。"

"你还真是个明白人。"金凯德答道。

瑟奇·德尔伯特领着众人下了一级台阶,进入地下隧道系统,农场地下简直就是长廊和房间构成的迷宫。

有些房间看上去被装备成了医药实验室和心理学实验室。里面身着白衣的三个护理员立即投降。

其他房间配有黑色的特制挡板墙,这种设计能够隔离视线和声音,也有助于这里的投影仪设备发挥效果。再往里走,就是带着栅栏的监牢,里面关着精神萎靡、僵尸一样的俘虏。

"你这搞的是什么,毛骨悚然的集中营?"金凯德怒斥道。

"从绑架到洗脑的全套勾当,我想。"汤姆·斯威夫特

汤姆·斯威夫特和音爆捕捉器

|138|

说道。

德尔伯特坦白说,他们兄弟两人策划了国际性的绑架链条,专门抓顶尖科学家和政府官员。受害人由飞机送到E国海岸附近的丛林小岛,然后他哥哥将他们偷渡到北领地。他从极们在这接受洗脑、榨取秘密或技术信息,这些手段是德尔伯特端主义国家学来的,秘密会被卖往外国或者国内无良企业。受害人在这里的所有相关记忆都会被抹除,然后被送回家。

"我们从不伤害他们。"德尔伯特为自己辩护。

"除非你带给他们的精神崩溃不是伤害!"汤姆用冰冷的声音怒不可遏地驳斥道,"约翰·威弗恩在哪儿?"

"这条走廊的下一个房间就是。"

他们进入房间,看见头发枯黄的科学家唯唯诺诺地躺在简易的小床上。他衣着须发都很整洁,但是眼里却充满无限的恐惧。汤姆和探长试着和他说话,他只是非常小声地支吾着。

德尔伯特解释说,带到农场后,威弗恩成功藏在卡车后面逃跑了一次,车是进城去拉希腊坦能公司物资的。司机在中途发现了他,但是威弗恩跑掉了。

后来,这些罪犯听收音机报道说他制作求救标志的事,就迫不及待地想要抢在警察之前找到他。德尔伯特手下的一个土著工人刺伤了本。

威弗恩被发现后,德尔伯特的三个手下在山洞把他抓住。云生驾驶飞机接走了他们。和汤姆料想的一样,灌木林地放的大火就是为了抹去他们的踪迹。

"我担心威弗恩在E国吃了太多苦头，加上之前接受的部分洗脑，可能刺激到了大脑。"德尔伯特说道。

埃尔莎是乘坐"女王号"和大家一起来的，可是即使见到埃尔莎，也还是不能帮他恢复一点记忆。

"镇静剂疗法可能奏效。"辛普森医生说，"但是，现在来看，应该也要几天或几周时间才能恢复正常。"

这消息令汤姆的希望破灭了。在声波袭击截止日前，想从威弗恩这里获得技术信息很明显已经不可能了。

"你们为什么要抓威弗恩？"他问德尔伯特。

"这是一次特殊的工作任务，有人雇我们绑架他。"

"什么？谁雇的你们？"

德尔伯特耸耸肩："我不清楚，我们在X城的代理人签的秘密合同。他们出高价让我们绑架威弗恩，然后按照他们的规定给他洗脑。"

"那是什么意思？"巴德插言。

"把他变成没有个人意志的奴隶，利用他的技术效忠他的主人。我们之后会收到把他送往哪里的指示。"

"自从绑架他后，你们收到过那些人的消息吗？"

"我哥哥几天前在达尔文市用无线电和他们联系过。"德尔伯特回答，"他不得不通知他们我们没能成功。"

"你们不知道他们是什么人？"

德尔伯特摇了摇头:"他们确认身份时只用一句暗语——'声波'。"

"声波!"巴德高喊道,"天啊!他们可能就是声波袭击者!"

汤姆面色忧郁地点头:"可能他们本来试图雇佣他,但是遭到拒绝。他被绑架前,在R城想和我谈的应该就是这事。"

汤姆通过无线电把今晚发生的事向集团做了完整的汇报。这时已是拂晓时分,天边微微泛红,而在肖普顿,时间仍是前一天的下午。斯威夫特先生得知威弗恩的状况后,和汤姆一样,非常忧心。

"启动器怎么样了,爸爸?"汤姆继续说道,"有进展么?"

"现在我似乎遇到了瓶颈。我本来有个非常有价值的想法,涉及冷冻石英晶。但是现在的技术难题就是材料,我测试的容器材料都承受不住。"汤姆挂断信号,陷入深深的忧虑。

与此同时,警察和E国皇家空军已经从地下监牢中解救出俘虏和受害人。

"我还是不明白宝石是怎么在这里被发现的。"亚弗说道。

德尔伯特解释说,他们挖掘地下隧道时,他的手下人挖到了含有白宝石的岩脉。宝石由云生负责卖出。

"蓝天女王"起飞向A国返程时,天已经亮了。汤姆,为声波袭击的临近焦虑不已,这种刺激使他没办法休息,整个行程他都待在控制板前。

飞机降落时,肖普顿的时间还是星期四晚上,艾姆斯和斯威夫特先生在机场迎接他们。

"我们仍在查菲尼亚斯·格尔,机长。"艾姆斯说道,"但是目前我们……"

他停下来,因为他看见汤姆脸上挂着奇异的表情。突然,年轻的发明家躺倒在地上!

第十八章 决战时刻!

在大家的焦急的呼唤声中,辛普森医生俯身蹲下,检查汤姆出了什么问题。

"只是过度疲乏而已。"医生说道,"他这么长时间连轴转,身体自主调节机制发挥作用,让他进入休眠状态了。他现在需要的只是好好睡上一大觉。"

"谢天谢地,不是什么严重的病。"斯威夫特低声说。

巴德和亚弗帮忙把汤姆抬上了吉普车。汤姆靠在父亲身上,巴德驱车前往汤姆的实验室。年轻的发明家被安置在隔壁房间的床上休息。

几小时过去了,阳光透过窗户洒进房间里来,汤姆方才睡醒。他看了一眼手表,时间是10:24。这时他看到巴德坐在旁边的椅子上冲他咧嘴笑着。

汤姆踢掉被子。"我怎么到这来的?"他高声说,"今天星期几了?"

"放松啦,小伙子,一个一个问题来。"巴德说,"你在飞机跑道上昏过去了。现在是星期五上午，是吃培根鸡蛋的时间。你还有什么要说吗？"

汤姆晕乎乎地点点头："哇！我一定睡了一整天了吧。"

"你确实没少睡。"巴德走向墙壁对讲机，开始呼叫厨房，"乔快来啊，你个胖子！天才少年刚刚睡醒了。"

巴德被乔的顶嘴逗得咯咯笑着，他回头看了一眼汤姆。年轻的发明家眉头紧蹙，面露愁容："怎么了，伙计？"

"星期五上午，只剩一天时间了，而我的'沉默者'还是块躺在那里的废铁。巴德，这次我真的要让所有人失望了！"

"反正袭击还没到呢，别这么忧郁。乐观些，我认为你父亲可能有好消息带给你。"

一席开导令汤姆顿时觉得眼前的世界明亮了不少。他快吃完早餐的时候，他父亲风风火火地进来了。

"不错！精神百倍，好样的，汤姆。"

"当然啦！我一直这么健康，爸爸。不过我们真得全力攻克那台启动器了。"

斯威夫特把手伸到身上花呢夹克的衣服口袋中："我想我们的问题解决了。"

科学家掏出一件用闪光的白色材料制作的小巧装置。它近似圆柱体，外壁不规则，两端都有引线。复杂的纵向排列的铜线圈通过一对金属片与圆柱体相连。

第十八章 决战时刻！

"用久强做的，对吧？"汤姆问道。这是他发明的韧性惊人的塑料，用于他的飞行原子车的小型原子能设备。

"没错，它用起来特别方便。我发现一种用塑料和冷却液晶铸模时，误差控制在万分之一的办法。使用久强材料可以完全省去加工和打磨的工序。"

斯威夫特先生说，他忙了一个通宵才找出解决方案："铜线圈上电势能的变化影响到液晶的体积，使它在中心管上相应地左右滑动，从而改变频率。"

"爸爸，这简直太棒了！我敢说这比威弗恩的模型还要高级！"

"汉克·斯特林现在领着一组人在做一大批这样的装置。"斯威夫特先生补充道。

汤姆冲进实验室，马上投入工作。接下来的几小时，他对'沉默者'做了必要的改进。

首先，他对从卡罗帕湖中打捞出来的大号双元件模型和小模型进行了改装。测试运行良好。

"还挺顺利。"巴德说，"下一步做什么？另一次飞行测试？"

汤姆摇头："不用。我想先到市区试试新设备。"

"现在就动身？"

"你知道肖普顿市内展望大街有段路正在拆除么？"汤姆说，"我们正好去那儿实地检验一下效果。"

两个男孩把"沉默者"装进小货车,驶进市区。汤姆将车停在展望大街的马路边上,附近一队工人手持气锤正在拆除混凝土路面。嗡嗡声震耳欲聋。

"伙计,如果你能把这样的噪音搞定,你就妥了!"巴德对着好朋友的耳朵大喊。

汤姆笑了笑,下车,打开后车厢。然后他按下"沉默者"的电源键。

就像魔法一样,整条街突然寂静无声!

汤姆匆匆跑回车上,一时间两个男孩笑得东倒西歪。路上的行人诧异地愣在了原地,向四周查看。工人们看着手握的风钻悄无声息地振动着,惊得合不上嘴。

工人们尝试反复开关机器,似乎无法接受眼前发生的事。后面的两个工人跑向前面那人,三人开始热烈攀谈,然而令他们更加抓狂的是,嘴里根本发不出声音!

几个路人注意到了斯威夫特集团的货车,用手指着它。前面那个工人跑上前来和两个男孩子说话。

汤姆爬下车来,关掉设备。拿起随行带来的电子扩音器,对人群说道:

"女士们,先生们,如果刚才令大家受惊,我表示非常抱歉。我刚刚在测试一个能消弭声音的新发明。"

时至今日,几乎所有A国人都听说过有关声波袭击的威胁。大家也知道斯威夫特父子曾被请进五角大楼,协助应对此

第十八章 决战时刻！

次危机。因此，人群中许多人马上猜到汤姆刚刚测试的设备就是针对此目的。他们大声欢呼，热烈鼓掌。

突然间，巴德发现仪表盘的短波无线电指示灯开始闪烁，他打开开关。

"汤姆在吗？"艾姆斯问道。

"就在我旁边，稍等。"

汤姆接过麦克风："怎么了，哈伦？"

"政府发来重要情报，机长！你最好马上回来！"

"收到！这就回去！"

汤姆猛踏油门，货车飞速赶回试验站。走进主楼，特伦特小姐通知汤姆说："你父亲和艾姆斯先生在办公室里等你。"

两人面色阴沉。斯威夫特先生说："我国政府刚刚收到声波袭击者的最后通牒，之前所通知的截止至明天的最后期限取消了。"

"您是说袭击取消了？"巴德忍不住问道。

"不是，是截止期限提前了。政府现在有1小时的时间发布声明，宣布支付一千万元，否则声波袭击在所难免。"

"袭击目标还没有确定。"艾姆斯补充道。

汤姆和巴德被消息震惊了。"没给出原因吗？"汤姆问道。

艾姆斯摇头，"可能他们听说了E国的事，我预感他们会要求将钱款汇到匿名账户。但是不等到最后关头，他们是不会公布细节的。"

刺耳的电话铃声响了起来。

"应该是政府方面打来的。"斯威夫特先生说,"国防部长说过要回电话的。"

他接起电话,然后将话筒递给汤姆。不出所料,是国防部长打来的。"决一胜负的关键时刻就要到了,汤姆。"他紧张地说道,"你的'沉默者'怎么样了?你认为你的发明能够抵御全面的声波攻击吗?"

汤姆脸色发白,他感到自己的心咚咚咚跳得很厉害:"是的,先生。我的发明已经完成,我认为它能够应付得了全力一击。"

"好!那我们就决不向恐吓者低头!"

汤姆立即投入到疯狂的备战中。"蓝天女王"驶出机库,大型双元件"沉默者"安装在机翼下。

汤姆屏息凝神,注视着手表的分针。1小时悄无声息地滑过。接着艾姆斯驱车向飞机跑道赶来。

"X城遭到攻击,机长!"

片刻之后,"女王号"冲天而起。六架"旋转小鸭"直升机紧随其后,分别由汉克·斯特林、亚弗·汉森和其他飞行技术专家驾驶。飞行试验室在接近黄昏的天空中向东航行时,汤姆的心里仿佛安了夹板锤一样砰砰地敲个不停。

"这些鼠辈偏偏选在交通高峰时段进行袭击。"巴德抱怨

道,"天啊,简直不能想象,那里的交通现在得多么不堪!"

汤姆其实早已经在想象中把场景形象化了。一想到X城无数市民的安危,都维系在自己身上和自己的新发明上,一种前所未有的恐惧攫住他的胃,令他难受不已。

"蓝天女王"接近哈德逊河时,第一轮刺耳的声波直抵男孩子们耳朵。声波尖利的刺激让汤姆和巴德感到眩晕。他们查看下面的全景,只见大桥上,汽车一辆贴着一辆塞成了长龙,隧道入口外也形成了十分严重的堵塞。

飞机下降时,场面更加混乱不堪。鳞次栉比的摩天高楼夹立街道两旁,而街道上已然形成了汽车、巴士还有各种交通工具咆哮的漩涡。人流稠密的人行道上,行人惊慌失措、推来挤去。一阵阵大音量、高声调的像哀号声一样的声波袭击,使得两个男孩子感官失常。

"我还能看见东西么?"巴德心中恍惚。

似乎高层建筑在汹涌的声波冲击下,开始摇晃、振荡起来。

汤姆打开"沉默者"的开关,调整控制板,然后屏住呼吸。喧嚣似乎有所减少,然而微乎其微。

巴德无比惊恐地盯着他:"这是怎么了,汤姆?难道'沉默者'不管用吗?"

第十九章　尖声呼啸

"我不知道，巴德。我的发明显然没什么效果啊！"

刺耳的声波继续撼动整座城市，汤姆的心深深地沉了下去。他颤抖的手指在控制板上来回操作着。突然间，呼啸声急剧减弱，接着越来越弱。

"你找到窍门了！"巴德激动地喊道，"你赢了这场声波战！怎么做到的？"

"袭击者使用的是'混合式'频率。"汤姆解释道，"沉默者最初只能对单一主频做出反应，而现在我加宽了波段。我留一部分声音还可以听到，这样就能追踪到声波发射器。"

来自警方和民防部门的无线电短报这时开始响起。他们汇报说局势已有效缓和，声音降到了可接受范围。清理交通拥堵的工作开始了，同时，安有扩音器的汽车被分派到市区，到处宣传声波袭击已得到控制的消息，稳定民心。

汤姆更关心自己那几架直升机发来的报告。几架直升机盘旋在曼哈顿上空，使用定位设备和声测设备，试图锁定声波的

来源。

"看来不止有一个声源,机长。"汉克·斯特林汇报说,"有很多声波发射器分散在市区各处,而且它们还在不断移动!"

"移动?"巴德眼中闪过一丝困惑。

"很可能是袭击计划的一部分,以避免被追踪到。"汤姆推测说。

这时,在曼哈顿区上空巡航的亚弗发来报告:"声源好像在往南移,机长,朝着斯塔恩岛方向!"

"还能涉水!"巴德惊呼,"天啊,这太诡异了!"

其他直升机又发来报告,声源正向国内各个地方移动。

"赶快追上它们!"汤姆敦促道。

突然无线电里传来汉克激动的声音:"我们看到了一只声波发射器!"

"长什么样子?"汤姆急促地问道。

"非常小,差不多柚子那么大,装有三个旋翼,像直升机一样飞行。我要去抓住它,机长!"

无线电响起模糊的杂音。接着汉克同伴的声音响起:"我们抓到它了!这个东西掉到泽西草地上了!"

几分钟后,汉克报告说他们从湿地上找回了那个装置。

"嘿!呼啸声都消失了!"汉克刚说完就听巴德喊道。

"袭击者肯定听到了汉克的无线电报告。"汤姆说,"所以他们关掉了设备防止再被发现。"

汉克的直升机与"蓝天女王"在曼哈顿上空会合。汉克沿着软梯爬进了飞行实验室。他把俘获的声波发射器递给汤姆。

"原来声波发射器就这样儿呀!"巴德高声说道。

因为掉落在比较软的湿地上,装置几乎没有损坏。汤姆拆解装置时大为讶异。

"我的天啊!这个东西简直就是微型品的杰作啊!它竟然还内置了雷达,能自主避开障碍物。"

"它是无线电控制的,是吧?"巴德问道。

"不错。"汤姆观察它的导航和转向系统,"我敢说这东西连续飞行一天多,动力都没有问题。"

汤姆探查了小巧但是极其强劲的发声器后,下巴都要掉了下来,表情十分震惊。

"怎么了,机长?"汉克问道。

"它安有液晶启动器!"

"就像约翰·威弗恩研究的那个?"

"也许就是威弗恩的那个。"汤姆说,"他们通过给他洗脑可能强行获得了大量信息,德尔伯特并没有老实交代。不管怎么样,这就解释了他们为什么需要威弗恩的技术!他们需要这种东西来制造飞行声波发射器。"

"但是他们的第一次声波袭击和威弗恩遭人绑架几乎发生

第十九章　尖声呼啸

在同一时间。"巴德指出，"那时他们用的什么呢？"

还没等汤姆回答，对讲机嗡嗡地响了起来。艾姆斯从企业集团发来报告。

汤姆打开了机舱无线电："嗨，哈伦！什么事？"

"我听说你赢了声波战。太棒了，机长！我们在肖普顿这里获取了新的线索。"

"说来听听！"汤姆急切地说。

"埃尔莎·威弗恩从你家给我打了电话。"艾姆斯回答，"她发现了与声波攻击阴谋相关的重要线索。"

"她没说是什么吗？"

"没有，不过她说一会儿送到集团来。我想着先通知你一声。"

"很高兴你通知我，哈伦。"汤姆迫不及待地告诉安全主任他在"声波发射器"里面发现了液晶启动器。他又说："既然声波袭击已经结束，我最好回到集团看看埃尔莎的线索。"

关了无线电，汤姆让汉克·斯特林驾驶"蓝天女王"。接着汤姆和巴德驾着汉克的直升机很快回到了肖普顿。

埃尔莎在艾姆斯的办公室等着。

"有什么线索？"汤姆问道。

"这个线索很可能足以揭开谜团！"艾姆斯说道。他递给汤姆一张手写的字条。上面写道。

亲爱的埃尔莎：

我不想引起你不必要的担惊受怕，但是我还是得留下这张便条，以防万一。

如果我发生什么不测，告诉警方去查一下声波研究所的维克多·弗朗兹和阿瑟·甘蒙。我怀疑他们涉嫌一场犯罪阴谋，但是我尚无确凿情报或切实证据。

爱你的
爸爸

汤姆吹了声口哨，把字条交给巴德："你从哪找到这个的，埃尔莎？"

女孩取出了音乐盒："你还记得吗，我不敢听完这首曲子？不过，今天下午我任它一直不停地播放。曲子播完，音乐盒侧面一块木板打开，这个纸条就弹了出来！"

巴德高声说："你爸爸真是用心良苦，这样子除了你就没人能发现这张字条了！"

汤姆表示赞同，"这可能也解释了为什么他在R城时想和我谈话。他很可能就是想谈谈对弗朗茨和甘蒙的怀疑。如果草率地指控，万一得不到证实的话，很可能毁了他声波研究的事业。"

"但是嫌犯发觉他准备披露真相，所以就把他绑架了！"巴德插言道。

"字条也解释了你所发现的液晶启动器。"艾姆斯对汤姆说。

第十九章 尖声呼啸

"是的,哈伦。弗朗茨和甘蒙很可能偷走了威弗恩制造的所有启动器。所以科莫怎么也找不到。"

艾姆斯打电话将这个消息通知了调查局的韦斯·诺里斯。汤姆在房间里踱来踱去。

他沉吟道:"如果这两人就是嫌犯,他们肯定不敢用声波研究所的实验室作为袭击X城的基地。"

"那我们怎么锁定他们的据点?"巴德问道。

汤姆撅了几下手指:"那台声波发射器很可能会给我们答案,巴德!"

"为什么?"

"那些设备很可能分布在楼顶上别人不容易发现的地方。雷达导向能做到这点。我预感袭击者等待夜幕降临,好作为掩护,再把它们召回老巢。他们会以为被俘获的声波发射器受损严重,不会做出反应。"

巴德眼中闪烁着几分激动:"我懂了!你修好这个小玩意儿,然后我们锁定它的信号,任它飞走,再跟着它!"

"你理解得很对,太空小子!"

1小时后,声波发射器轻微的损伤修复完成。男孩子们驾着吉普车把这个装置放到了集团的机场上,"旋转小鸭"已经等候在那里。

这时,夜色四合,将集团笼罩其中。艾姆斯驱车来到机场跑道,带来一个消息:"韦斯·诺里斯飞去了声波研究所,但是弗朗茨和甘蒙都不在。科莫博士说今天一整天他们都没来上班。而且受袭当天，他们也都不在市里。"

"听起来他们正是我们要找的人。"汤姆冷冷地说道，"好好祈祷吧，哈伦，希望我的预感是对的！"

汤姆和巴德登上直升机，静静等待。他们紧紧盯着放在跑道上那台俘获的声波发射器。

夜色渐浓，声波发射器的三个旋翼突然转了起来。这台装置拔地而起，飞进了夜空！

"走起！"汤姆牙关紧咬，低声说道。他驾着直升机追了上去。

汤姆在声波发射器上安装了微型短波无线电信号仪，以便追踪。

"往东面飞了。"巴德低声说。

最后他们看到了月光映照下的哈德逊河。声波发射器在一座树木繁茂的小山上平稳地下降。

巴德抓起一副望远镜："那里有雷达天线！还有无线电信号塔，几座楼房。"

为避免直升机被发现，汤姆关闭了无线电。在地上着陆后，男孩子们步行着向山腰走去。

一条狭窄的土路直抵树林深处。路旁有一张牌子，上面写道：

私人道路

第十九章 尖声呼啸

无线电遥感勘测设备公司

＊＊服务于A国宇宙空间时代＊＊

巴德对此嗤之以鼻："还真会掩盖！"

汤姆说："我们走路最好当心，可能会有探测设备。"

"我觉得自己就像猎物似的。"巴德冷冷地说道。

两个男孩子谨慎地爬过山腰，上面立着一座低矮的砖楼，挂着"电阻温度勘测有限公司"的牌子，楼顶上安装有巴德之前看到的天线。

砖楼幽暗沉寂。汤姆和巴德走上前去试着推了推门。

"门开着！"汤姆小声说。这是因为疏忽没有上锁？还是摆好的圈套？

"我们索性赌一把！"巴德敦促道。

他们步入楼内，汤姆打开了他的袖珍手电筒。他们似乎是位于一座普通办公楼的中央走廊内，四面都是玻璃隔间。他们踮着脚向前走着，走廊尽头处，门上贴着"研究实验室"的标签。

汤姆推开门，荧光灯瞬时间亮了起来，明显是自动开启的。

眼前是一间长方形的大屋子。里面满是工作台和实验设备，主工作室又分隔成小工作间。

"我们先快速浏览一下这个地方。"汤姆说，"然后回去叫艾姆斯过来。"

第十九章 尖声呼啸

男孩子们分头查看各个工作间。汤姆看完一间后，走向另一间时，撞见了一个身材高大、银灰头发的男人，阿瑟·甘蒙！

工程师和汤姆一样吃了一惊。他显然是刚从工作间后面的台阶走上来的。汤姆想着："也许，他是上来看看为什么实验室的灯突然亮了。"

他看见甘蒙张嘴想喊，汤姆动如闪电，纵身跃到这人跟前，伸手捂住他的嘴，让他叫不出来！

两人激烈地扭打在一起，甘蒙晃动着脑袋，最终挣脱出来大喊一声。所有灯光应声俱灭，室内一片漆黑！

汤姆和甘蒙凶狠地过了几招拳脚。汤姆突然感到头旁边一声炸响，吓得一愣神，就在这个间隙甘蒙挣脱身子，飞速撤开。

汤姆停在那里，喘着粗气，想要在黑暗中站稳身子。突然，他感到了周围死一样静寂。汤姆竟然听不到甘蒙逃跑的脚步声！

他接下来感受到的还不止这些，一种诡异的嘶嘶的脉冲声袭来。"我的耳膜在流血！"汤姆气喘吁吁地想着。

伴随这种声音而来的是一阵难受的压迫感，似乎是坠机时才会感到的那种越来越大的压迫感。

汤姆以前经历过这种感觉。这和人在消声室中的感受类似，那是一种吸收或阻挡所有声音的"死亡房间"。"这种情况下必须有人开启'沉默者'!"他意识到。

汤姆本能地试图大喊巴德。但是他口中根本发不出一点声音!绝望的感觉袭上心头。没有声音作为引导,怎么才能找到他的好友?

两个男孩子被困在一片黑暗中,完全受制于声波袭击者!

第二十章　声波监牢

汤姆在巨大的恐惧中挣扎着。无论如何，他和巴德必须找到彼此，一同逃出去，要尽快，在敌人采取其他行动之前。

但是往哪里挪动呢？实验室没有窗子，因此漆黑之中哪怕一点微弱的光线都找不到。

"最好先找到工作间隔板。"汤姆想着，摸索着墙走，可能就会回到实验室大房门，"只希望巴德也在这么做！"

汤姆伸出手摸索着，直到他触到了木板，是工作间的隔板。还算不错！"现在只要我能……"

汤姆突然停住，喘息着，因为他感到被人从身后抓住了！至少两双手在抓他。奋力挣扎后，汤姆被推翻在地，手脚被人用绳子捆绑住。

这一切激烈的打斗完全发生在无声状态下！

汤姆在黑暗中扭动了几分钟，最终灯光亮起。汤姆四周打量，像猫头鹰一样眨着眼睛。他看到巴德被押着走过长形的实验室，双手被缚在身后。

维克多·弗朗兹和阿瑟·甘蒙紧紧跟在后面，时不时用武器戳着巴德。精壮的飞行员这时看起来头发蓬乱，垂头丧气。

弗朗兹按了墙上的开关，声音背景又回到了正常状态。

"你们不仅偷了威弗恩的启动器，还仿造了我的'沉默者'。"当两名工程师走近时，汤姆声音嘶哑地说道。

弗朗兹扑哧笑了，"在R城我毁掉你的'马克一号'之前，我仔细研究过，并且拍了照片。现在我们在楼里安装了好几台消声设备，用来掩盖住声波实验。"

"你们可能好奇在黑暗中我们怎么能锁定你们两人。其实很简单，用红外线夜视镜。"

"我们该做何表示，为你们鼓掌？"

巴德的顶嘴引来甘蒙的一阵狞笑，"恰恰相反，你们两个废物马上就会叫着喊着求情！"他和弗朗兹互相递了个邪恶的眼神，双双狂笑不止。

"你们犯了个大错，斯威夫特，那就是来探查这个地方。"弗朗兹说道，"我想你们是跟踪一个声波发射器找来的，对吧？"

"你自己猜吧。"汤姆冷冷地说。

弗朗兹给他上了手铐："受了声波折磨之后，很快你就会乖乖地配合了！"

弗朗兹斩断了汤姆脚上的绳索，然后拉着年轻的发明家站起来，用刀戳着他。

"往前走,斯威夫特,下台阶!"

下面是一间装满电子设备和工具架的椭圆形房间。在房间一端,三张靠背座椅前面,是宽大的控制板,上面散布着仪表、开关和显微镜。汤姆猜想这就是他们袭击X城的控制中心。

房间另一端,是一间钢铁围墙的小隔间,门上着锁,窗户玻璃很厚。汤姆猜想着它的用途。他牙关紧咬,努力避免露出一丝恐惧。

"你们俩,进去!"弗朗兹命令道。

汤姆和巴德走进去,门被狠狠地关上。隔间里空无一物,里面的墙壁和外面一样,都是光滑的金属。

"这是干什么的?"巴德紧张地低声说道。

"我估计是声波测验室,他们想用它作为实施声波酷刑的监牢。"汤姆指了指天窗,"那应该就是声波出口。"

巴德脸色变得惨白。然而,出乎男孩子们的预料,似乎什么事都没发生。

"他们在等什么?"巴德低声问。

"还要调查我。"

时间一分一秒地过去。这时有一人出现在他们面前,脸上带着牛角边框眼镜,眼睛灰蒙蒙的。

汤姆大为讶异:"奥拉夫·科莫!"

牢房的门开了。科莫站在门口,弗朗兹和甘蒙护卫在身后。

"我们又见面了,亲爱的汤姆·斯威夫特!"

"这是怎么回事,科莫博士?"

"我想事实已经足够清楚了吧。"科莫嘲笑着回答,"你们挫败了我们对X城的声波袭击,现在你们就该为自己的多管闲事买单。"

"所以说是你在幕后策划了声波恐吓的阴谋!"汤姆高声说道。

"没错。一场可以净赚一千万的阴谋,如果不是你那该死的'沉默者'!"科莫面孔扭曲地咆哮道。

"我们对菲尼亚斯·格尔的怀疑都是错的?"汤姆继续说道,拖延着时间。

"事实上,高尔的书给了我声波袭击的灵感。那次会议后,我调查了他的背景,发现他是转移调查局注意力的极佳嫌犯。"

科莫说,他安排甘蒙注意这个科幻小说家的一举一动,了解到他的释压之行,科莫就到集团向其他人透露了这个线索。

当高尔入住酒店,甘蒙窃听了他的电话。科莫亲自窃听了汤姆的无线电消息,汤姆在无线电里说要拷问高尔。他提醒甘蒙监听酒店打往疗养院的电话,甘蒙报告他说高尔即将洗脱嫌疑。为阻止这事发生,科莫火速赶到疗养院,袭击门卫,带走高尔的住院记录。

"约翰·威弗恩又是怎么回事?"汤姆问道。

"他的液晶启动器特别有用,不幸的是他无意中听到弗朗兹和甘蒙的谈话。"科莫笑着说道,"这个傻瓜把这事告诉了我,我故意嘲笑他多疑。但是他走漏风声的风险还是很大,所以经我安排,由德尔伯特团伙把他绑架了。"

科莫说,他给一家公司做顾问时,作为中间人向这个团伙购买重大商业机密,因此了解他们的据点。

"你为什么要给威弗恩洗脑?"汤姆问道,"你已经占有了他的启动器。"

"没错。但是它们不耐用,容易因为震动疲劳而破裂。事实上,第一次对R城的声波攻击我们就用光了所有的能源供应,我们需要获取威弗恩更多的技术信息。没有他,我们就不得不浪费时间尽力仿制他的启动器,准备开展下一场袭击。"

"也是你制造了对埃尔莎和我的袭击。"汤姆继续说道。

"当然,要让你的'沉默者'永远无法完成,休想阻止我们的攻击。威弗恩与此也不无关系。"

汤姆惊讶地盯着他:"为什么?"

"他吓唬绑架犯,说他已经把他对弗朗兹和甘蒙的怀疑和别人讲了,当然了,他可能是虚张声势。"

"不是虚张声势。"汤姆讲了埃尔莎从音乐盒中发现的字条。

科莫皱了皱眉:"不管怎么说,我怀疑到他指的就是你或者埃尔莎。"

科莫说他想要除掉他们俩,曾企图在"蓝天女王"从R城返程时炸掉它。他模仿威弗恩的声音,使用"胡萝卜头"的昵称,那是他在威弗恩给女儿打电话时听到的。

当汤姆从五角大楼飞回家时,也是科莫打的那个神秘的无线电恐吓电话。后来为了杀死汤姆或者让其知难而退,停止"沉默者"项目,他和手下在晚上开车从斯威夫特家经过,使用声波武器击晕了汤姆。

甘蒙还破坏过飞机的配平控制系统,以期汤姆驾机失事。

"我还是不明白,你为什么让弗朗兹把我第一个'沉默者'的晶体换成了假的。"

科莫咯咯地笑了:"如果那场展示失败,你就会看起来像个傻瓜一样,我以为政府就不太可能利用你的设备对付我们的袭击了。"

汤姆搜肠刮肚、想方设法地让敌人继续讲下去:"现在你打算怎么办?"

"我打算让你们俩永远无法把我们的事透漏出去,那样我们至少还能把声波攻击设备卖给其他强国。"

科莫眯起眼睛继续说道:"当然,也有达成交易的可能,如果你发誓永远闭口并且将你的科技任我使用。"

"休想!"汤姆轻蔑地说道。

科莫邪恶地笑了起来:"一会儿你们的尸体上伤痕都找不

到，没人会知道发生了什么。"

科莫转身对着他的两个爪牙说道："找到他们的飞机，尽快处理掉，我要伺候下斯威夫特和他的朋友。"

科莫又忍不住窃笑道："这是一个多么好的科学观察和记录的机会啊！而你，斯威夫特，将有机会获得一手知识，了解噪声压迫的可怕效果。我猜你们活不过二十分钟。"

甘蒙和弗朗兹匆匆离开后，科莫重重地关上声波监牢的门，然后上了锁。汤姆和巴德急切地低声说了一些话。

接着声波开启，低声呼啸逐渐增大为噼啪炸响。牢房似乎随时都要被噪声炸开！

科莫从石英玻璃窗往里面看，他的笑容没了，取而代之的是紧皱的眉头。

两个男孩子懒洋洋地倚墙而立，谈笑风生！

科莫生气地检查控制开关，男孩子们似乎毫不关心。

"出什么问题了？"科莫十分好奇，"那里面的声音没有开启吗？还是斯威夫特私藏了什么设备保护他们免受伤害？"

科莫打开门，一股汹涌的声波喷薄而出。困惑、不解、怒火攻心，他冲进牢房去找汤姆·斯威夫特。

但是一只腿突然伸出来，科莫被绊倒，咒骂起来。没等他挥拳反击，巴德飞起一脚踹得他向前扑去！科莫的头重重地撞在墙上，晕了过去！

巴德站到他身前,准备着只要他一动,就再补上一脚。汤姆急忙跑出声波监牢,用胳膊肘压着开关,关掉了声波。

巴德放松地大口喘息着:"天啊!我都快看不清东西了!要是再继续装着听不到噪声,哪怕再有一分钟我都得晕过去!"

"这是我们能骗得了科莫的唯一希望。"汤姆说,"我自己也马上就要崩溃了!"

汤姆从房间的工具里翻出了钢锯,通过摩擦锯齿弄断了腕上的绳索。接着为巴德松绑。

"下一步怎么办,伙计?"他们捆好科莫后,年轻的飞行员问道。

汤姆看了看控制板:"那边有一台无线电收发器,集团在追踪我们的'小鸭'或者雷达,所以援救队应该已经在路上了,但是我要打个电话催下他们。"

汤姆很快联系到了乔治·迪林,斯威夫特企业集团的无线电主管。他结束通话时,男孩子们听到了头上的实验室传来的脚步声。

"甘蒙和弗朗兹回来了!"汤姆嘘声说道,"快!蹲到工具箱后面!"

汤姆喊了一句急促的、听不大清的求救,然后他也躲到了不易被发现的地方。

脚步声快速冲下了台阶,看到控制室明显无人,弗朗兹和

甘蒙冲到了声波监牢跟前。

"科莫在里面,但是男孩子们跑了!"弗朗兹高声说。

两个工程师急忙进入牢房解救上司,汤姆和巴德从隐蔽处突然一跃而起,就像是座椅弹射器上弹出来似的。牢门瞬间被猛然关上,上了锁,三个敌人都被关在了里面!

巴德看到弗朗兹和甘蒙在里面怒吼,笑得前仰后合。科莫迷迷糊糊地苏醒过来。

"最好安静点。"巴德喊道,"不然就让你们尝尝音爆的滋味!"

几分钟后,"蓝天女王"从砖楼上空盘旋而下,灯光耀眼夺目。斯威夫特先生、艾姆斯、诺里斯和其他联邦调查员纷纷走下舷梯。汤姆和巴德展示他们抓获的囚犯时,大家都钦佩地笑起来。

"做得好,伙计们。"诺里斯说道,"国际刑警刚刚通知我们说德尔伯特团伙的最后一名逃犯已经缉拿归案。"

"约翰·威弗恩也恢复得差不多了,汤姆。"斯威夫特先生补充道,"他已经能认出埃尔莎,记忆也在不断恢复。"

"那太好了,爸爸!"

巴德拍了拍好友的后背:"伙计,我猜你脑中又有另一个计划了?"

汤姆眨着眼睛:"其实,我想要做一些次声波研究。"

然而,另一场激动人心、意料之外的探险将促使汤姆在不久后发明他的"海底掘进机"。

巴德佯装不快地抱怨说:"什么!还研究声波?你可是刚刚一劳永逸地解决掉了声波攻击者啊!"

汤姆龇牙笑了起来。